KB117783

Buen Camino!

부엔 카미노

오늘도 자신만의 길을 걷는

________________ 님께

*BUEN CAMINO는 "좋은 길 되세요"라는 뜻의 산티아고 순례길 인사입니다.

산티아고 라이프스타일
Santiago Life style

산티아고 라이프스타일

지은이 전승연
펴낸이 임상진
펴낸곳 (주)넥서스

초판 1쇄 발행 2022년 12월 8일
초판 2쇄 발행 2022년 12월 15일

출판신고 1992년 4월 3일 제311-2002-2호
주소 10880 경기도 파주시 지목로 5 (신촌동)
전화 (02)330-5500 팩스 (02)330-5555

ISBN 979-11-6683-435-6 03810

www.nexusbook.com

산티아고 라이프스타일
Santiago Life style

나답게 행복하게
살아가는 삶의 방식

전승연 지음

넥서스BOOKS

프롤로그

나는 오늘도 길을 걷고 있습니다

아직도 믿기지 않지만, 올해 마흔을 맞이하였다. 어릴 적 마흔 살의 나를 상상해본 적이 있었을까? 그 시절 멀게만 느껴졌던 미래의 나는 어느덧 시간이 흘러 마흔 살이 되어버렸다. 그저 부모님의 자식으로만 살아왔었는데 이제는 한 아이의 아버지가 되었고 한 사람의 남편이 되었다. 20살까지는 전승연 이름 석 자로만 불리다가 20살 이후에는 후보생, 통신장교, 선임연구원, 대표, 사장, 팀장, 본부장 그리고 순례자로 다양하게 불렸다.

마흔 살의 딱 절반인 20년 동안은 사회의 흐름에 의해 그저 살아갔다. 그리고 나머지 20년은 운이 좋게도 내가 선택하는 삶을 살아가고 있다.

한 번뿐인 삶을 다양하게 경험해보고자 군인, 대기업, 창업, 중소기업, 비영리 기업 등 다양한 일을 하며 살았고, 전 세계 사람들이 살아가는 방법을 보고자 6대륙 32개국 82개 도시를 여행하였다. 그리고 네 번의 산티아고 순례길을 걸으며 나를 찾기 위해 노력했다.

26살 불가항력적인 세상의 이치에 좌절하며 우연한 계기로 걷게 된 산티아고 순례길은 내게 그동안 보지 못했던 삶에 대한 새로운 관점을 가지게 해주었다.

산티아고 순례길을 걸으며 경험한 다양한 체험과 기적들 그리고 나를 안내하는 표지를 따라 걷다 보니 어느새 이렇게 책까지 출간하게 되었다.

마치 내가 마흔 살의 나를 전혀 생각해보지 못했듯이 책을 쓰는 나의 모습은 전혀 상상하지 못하였다.

20년간 다양한 삶의 방식과 여행 그리고 수많은 책을 읽으며 좋은 삶을 살아가고자 노력했다.

내가 살아가고 싶은 좋은 삶의 방식을 찾아가는 길은 험하고 쉽지 않았다. 누구나 원하는 좋은 직장에 들어갔지만, 그곳에 내가 원하는 좋은 삶은 없었다. 다양한 삶을 보고자 전 세계로 여행을 떠나 좋았지만, 그곳들은 나의 삶의 터전이 아닌 여행자가 잠시 머무르는 장소였을 뿐이었다. 내가 하고 싶은 일을 하였지만 무수한 가시밭길과 세상의 높은 벽 앞에서 무릎을 꿇었고 또다시 불가항력적 상황 속에서 나약함과 무력함을 경험했다.

하지만 그때마다 나는 산티아고 순례길의 부름을 받았다. 처음에는 내가 그 길을 선택하여 걸었다고 생각하였지만 그 길을 여러 차례 걷다 보니 길이 나를 초대한다는 것을 알게 되었다. 산티아고 순례길은 나를 다시 돌아보게 하였고 내가 가진 것에 감사함을 느끼게 하였고 삶의 소중함과 내가 가야 할 방향을 알려주었다. 그렇게 나는 산티아고 순례길을 걸으며 나만의 삶의 방식을 찾게 되었다.

순례길을 경험한 많은 순례자들은 산티아고 순례길은 인생과 같다고 한다. 그리고 나는 네 번의 순례길을 걷고 8년 동안 산티아고 순례길을 담은 공간을 운영하면서 그곳에 숨겨진 삶의 방식을 찾아 인생을 살아가고 있다.

이러한 삶의 방식은 힘든 순간마다 나를 다시 일으키게 하였고, 삶의 매 순간 나를 행복하게 해주었으며, 세상에 숨겨진 보석 같은 기적들을 느끼게 해주었다.

나는 처음 산티아고 순례길을 경험한 후 나와 같이 길을 잃고 방황하는 많은 사람이 산티아고 순례길을 갔으면 좋겠다고 생각했다. 내가 처음 다녀온 해인 2008년은 한국인 순례자가 915명에 불과하여 사람들은 그곳이 어디인지 알기조차 힘들었다. 나는 카페알베르게를 창업하고 운영하며 오프라인에서 8년 동안 많은 사람들을 산티아고 순례길로 안내하였다. 그 사이 여러 대중매체에 산티아고 순례길이 소개되고 이제는 많은 사람들이 산티아고 순례길을 알게 되었다. 코로나 이전인 2019년에는 8,000명 정도의 한국인이 산티아고로 향했지만, 여전히 전체 인구에 비교하면 많은 숫자는 아니다. 앞서 산티아고 순례길에 초대를 받았다고 표현하였는데 그곳은 원한다고 누구나 갈 수 있는 곳이 아니기 때문이다. 먼저 스페인까지 갈 수 있는 돈이 필요하고, 수백 킬로미터를 걸을 수 있는 건강이 필요하며, 한 달 이상의 긴 시간이 필요하기 때문이다.

어쩌면 이 3가지는 인생에서 가장 중요한 요소이며, 이미 산티아고 순례길을 갈 수 있다는 것만으로도 축복을 받은 일이 아닌가 생각이 든다. 그래서 나는 만나는 사람마다 '언제가 되었든 인생에 한 번은 순례길을 가보셨으면 좋겠다'라고 말씀드린다.

이처럼 가장 좋은 방법은 산티아고 순례길을 걸으며 직접 경험하고 깨닫고 자신의 삶을 찾아가는 것이지만, 모두가 당장 자신의 삶을 내려놓고 갈 수는 없는 것이 현실이다.

이 책은 산티아고 순례길을 걸으며 수없이 던진 질문에 답하며 살아온 경험과 깨달음 그리고 8년간 많은 순례자들을 만나고 대화하며 얻은 그들의 경험을 통해 산티아고 순례길을 걷듯이 살아가는 라이프스타일을 정의하고, 그 안에서 자신의 삶에 대해 생각해보고 더 행복하게 살아갈 수 있게 안내하는 책이 되었으면 하는 바람으로 집필하였다.

이 책의 구성은 산티아고 순례길을 걷기 전의 이야기, 산티아고 순례길을 걸으며 깨달음을 얻은 이야기, 산티아고 순례길을 걷듯이 살아가기 위한 라이프스타일 다섯 가지 등 총 7개의 장으로 되어 있다.

2020년 3월부터 글을 쓰기 시작하여 2년 7개월간 순례길을 걷듯이 이 책을 써왔다. 글을 쓰면서 즐겁기도 하였고, 행복하기도 하였고, 포기하고 싶기도 하였고, 방향을 잃기도 하였다. 수없이 쓰고 읽고 고치고를 반복하고 주변의 도움을 얻어서 힘을 내어 다시 쓰기도 하였다. 이 역시 마치 순례길을 걷는 것과 같다고 느껴진다.

거창하지 않게 그러나 너무 막연하지 않게 산티아고 순례길을 걷듯이 하루를 살면서 행복한 감정을 경험하고 자신의 삶을 온전히 살아가기를 바라는 마음으로 이 책을 통해 당신과 함께 걸어가고 싶다.

그저 평범했던 내가 이렇게 누군가를 위한 책을 쓸 수 있다는 것 자체가 기적이다. 이 기적을 이룰 수 있게 묵묵히 응원해주고 일하느라 피곤한데도 글을 쓸 수 있게 배려해주며 늘 힘이 되어준 아내 정다현과 건강하게 잘 자라며 늘 행복을 안겨주는 사랑하는 아들 수호 그리고 항상 든든하게 버팀목이 되어주신 양가 부모님께 진심으로 감사를 드리고 싶다. 그리고 이 책이 나올 수 있게 나와 함께 걸어주신 책에 언급한 많은 분들과 미처 다 담을 수 없었지만 내 삶을 함께 만들어주신 더욱 많은 분께도 감사 인사를 드리고 싶다.

마지막으로 여기까지 저를 인도해 주시고 용기를 주신 주님께 감사 기도드립니다. 저는 오늘도 그 길을 따라 걷고 있습니다. 모든 일에 다 뜻이 있기를.

이 글을 읽는 모든 분도 함께 좋은 길 되기를 바라며,
부엔 카미노!

전승연

차례

1

우리는 모두 길을 잃고 방황한다

산티아고 순례길을 네 번 걷다

여행에서 느끼는 수많은 생각과 경험은 나를 변화하고 성장하게 했다. 여행은 내 삶의 일부가 되었고 내게 새로운 관점도 주었다. 하지만 여행은 돌아오면 그 순간 종료되었다. 일상에 복귀하면 다시 다음 여행을 기다리며 살 수 있게 하는 원동력 정도일 뿐이었다. 하지만 산티아고 순례길을 다녀온 여행은 달랐다. 여정이 끝나고 삶으로 돌아온 후에도 여전히 이어져 있다는 느낌이 들었다. 여행은 늘 일상 밖의 일이었지만, 산티아고 순례길은 일상이 될 수 있다고 느껴졌다.

2008년 7월 7일 군대 전역 후 나는 정확히 일주일 만에 산티아고 순례길로 향했다. 군대에서 생활하는 2년 4개월간 가까운 지인들의 죽음을 연달아 지켜보며 나는 삶의 의미를 잃었었다.

그러던 어느 날 신문 한쪽에 소개된 "영혼을 달래어주는 길, 카미노 데 산티아고"라는 카피라이트 한 문장에 나는 전역하자마자 배낭 하나 메고 그곳으로 떠났다. 내가 왜 살아야 하는지 내 삶의 존재 이유를 찾고 싶었고, 삶과 죽음에 대해 알고 싶었다. 파울로 코엘료가 그 길을 걷고 작가로 전향하여 책《연금술사》를 썼듯이 나도 나만의 답을 그곳에서 찾기 바랐다.

지금은 산티아고 순례길에 관해 블로그와 유튜브에서 정보를 쉽게 찾을 수 있지만, 당시에는 교보문고에서 책을 찾아봐도 몇 권 나오지 않는 낯선 여정이었다. 총 800km를 걸어야 한다는 것, 스페인에 있다는 것 정도의 정보만 가지고 여행을 떠나는 것은 당시 영어도 못 하던 나에게 큰 용기가 필요한 도전이었다. 지금 들으면 웃길지도 모르지만, 그때의 나는 정말 그곳에서 생을 마감하더라도 꼭 가고 싶다고 생각했다. 그만큼 두려웠지만 절실했다.

산티아고 순례길은?

산티아고 순례길(Camino de Santiago)은 생장피에드포드(Saint-Jean-Pied-de-Port)에서 산티아고 데 콤포스텔라(Santiago de Compostela)로 가는 800km 도보 순례의 여정이다. 산티아고는 예수님의 열두 제자 중 야고보 성인을 지칭하는 스페인식 이름으로, 그는 이베리아반도(지금의 스페인 지역)에서 복음을 전하였다고 한다.

예수님께서 돌아가시고 야고보 성인은 예루살렘으로 돌아와

첫 번째로 순교를 당하시고 이후 제자들에 의해 이베리아반도 끝 어딘가에 묻히셨고, 수 세기 후에 한 수도자가 반짝이는 별빛을 따라 기도하며 간 곳에서 야고보 성인의 무덤이 발견되었다. 무덤이 발견된 곳에 성당이 지어지고 순례자들이 산티아고 성인의 유해가 있는 곳으로 순례하면서 산티아고 순례길이 생기게 되었다.

프랑스 파리를 거쳐 산티아고 순례길의 시작인 생장피에드포드에 도착하던 첫날 밤의 감동은 아직도 생생히 기억난다. 30일간 800km라는 미지의 세계에 내가 내디뎠던 한 걸음은 내 인생의 방향을 송두리째 바꾸었다. 매일 걷고 또 걸으며 내 삶의 존재 이유에 대해 질문을 던졌고, 길은 내게 또 다른 질문들로 대답했다.

삶에서 느낄 수 있는 모든 희로애락을 겪게 했고, 전 세계에서 온 수많은 순례자를 만나 답을 찾아가게 했다. 언어도 통하지 않고 스마트폰도 없던 시절, 길 위의 사람들은 길의 언어와 마음의 언어를 가지고 서로를 이해하고 위로하고 사랑할 수 있었다. 첫 산티아고 순례길의 위대한 경험 속에서 나는 내 삶의 존재 이유와 삶과 죽음 그리고 사랑에 대해 알게 되었다. 그리고 새로운 삶의 방향으로 나만의 순례길을 걸었다.

첫 번째 산티아고 순례길을 걷던 중 함께 길을 걷는 많은 노부부와 커플 순례자들을 보면서 나는 두 번째 산티아고 순례길은 평생 함께할 배우자와 걷고 싶었다. 내 욕심이 될지언정, 충분히 가치 있으리라 생각했다. 그렇게 아내를 만나기 전부터 꾸었던 꿈은 2014년 현실이 되었다.

두 번째 순례길은 아내와 함께 떠난 세계여행의 마지막 일정이었기에, 이미 3개월 이상의 여행이 담긴 무거운 배낭을 짊어진 채 시작하게 되었다. 아내는 산티아고 순례길을 걷기 위해 여행 내내 등산화를 신고 다녔는데, 등산화가 아내의 발에 맞지 않아 며칠 걷고 난 후 결국 짐이 되어버렸다. 여러 가지로 쉽지 않은 여정이었다.

첫 번째 순례길과 가장 많은 차이점은 나에게 온전히 집중하기가 어려웠다는 것이다. 아내와 나는 걸음 속도도 달랐지만, 나는 늘 의식적으로 아내를 챙겨야 했다. 물론, 아내는 혼자서도 잘했

CAFE ALBERGUE

지만 내가 데리고 왔다는 책임감이 있었다. 내 걸음 속도에 맞춰 걷거나 쉬는 것이 어려우니 걸으며 몰입하는 과정 역시 자주 깨졌다. 이는 아내도 마찬가지였을 것이다.

그리고 순례길의 백미 중 하나인 전 세계에서 온 순례자들과 교류하기도 쉽지 않았다. 혼자 여행할 때와 둘이 여행할 때는 그 분위기가 완전히 달랐다. 특히, 처음과는 달리 산티아고 순례길이 한국에도 많이 알려져 한국인들을 많이 만날 수 있었는데, 자연스레 우리는 그 관계에 연결이 되었고 이는 몇 개월간 지속했던 둘만의 여행에 새로운 재미가 되었지만, 매번 정해진 일행들과 어울리다 보니 다양한 순례자들과 소통하기 어려웠고 새로운 경험을 할 기회도 적었다.

나는 첫 번째 순례길과 같은 길을 걸었지만, 전혀 다른 순례길을 경험했다. 첫 번째 순례길이 온전히 나를 위한 순례길이었다면 두 번째 순례길은 나보다 타인과의 관계에 신경을 써야 하는 여정으로, 다른 사람들과의 물리적 관계, 심리적 관계, 서로의 속도 등을 맞추면서 걸어가는 연습을 할 수 있었다. 순례길 위에서 아내와 함께한 시간은 우리가 평생 함께 걸어가야 할 여정에서 정말 중요한 과정이었다. 우리는 그렇게 순례길을 함께 걷고 난 후 각자 나아가던 삶의 길을 포개 한 방향을 향해 나아가기로 했다.

세 번째 산티아고 순례길은 아이가 태어난 후에 떠났다. 나는 첫 번째 산티아고 순례길을 걷고 난 후 나의 존재 가치를 증명하는 삶을 살아가고 있었다. 하지만 아이가 태어나고 난 이후 나는 큰 딜레마에 빠져버렸다. 과연 나만을 위한 삶이 옳은 삶인가?

아이를 책임져야 하는 아버지로서의 나와, 나의 존재 가치를 실현하기 위한 나 사이에 방향을 잃었다. 약 10년 동안 걸어온 나의 길에 다시 또 질문이 던져졌다.

결국, 그 답을 찾지 못한 채 나는 3년 동안 운영해온 카페를 정리하고 2018년 1월, 다시 길 위로 향했다. 나는 삶의 중요한 기로에 설 때마다 순례길로 향했다. 그동안 여름과 가을 계절에 걸었던 순례길과 겨울의 순례길은 내게 또 다른 길을 보여주었다. 겨울의 순례길은 더 고요했고 알베르게가 많이 열지 않아 더 많이 걸어야 했다. 늘 같은 길을 걷지만 내 상황과 생각에 따라 길은 늘 다른 모습을 보여주었다.

답을 찾기 위해 많은 사람이 그랬던 것처럼 나 역시 길 위에서 다시 답을 찾기 위해 걸었다. 답은 늘 내 안에 존재하였고, 길은 그 답을 찾기 위해 노란 화살표를 따라 나를 안내해주었다.

그리고 다시 4년의 세월이 흘러 이 책을 집필하면서 네 번째 순례길을 계획하였고, 네 번째 순례길을 걸으며 드디어 이 책을 완성할 수 있었다.

네 번째 순례길은 총 12일 동안 오로지 혼자서 걸었다. 길을 걸으며 누군가와 대화하지 않았고 나 자신과의 대화와 사랑하는 사람들과 기도가 필요한 사람들을 위하여 하루에 2시간씩 기도하며 걸었다.

혼자였지만 혼자이지 않았으며 길을 걸으며 기도를 통해 수많은 사람들과 함께 마음을 나누었다. 누군가는 감동하였고 누군가는 고맙다고 하였지만 정작 가장 많이 마음을 받은 건 바로 나였다.

이번 순례길에서 기적과도 같은 많은 체험을 하였고, 함께 길을 걸으며 마음을 나눈다면 분명 행복한 삶을 살 수 있다는 것을 확인하였다.

답을 찾기 위해 많은 사람이
그랬던 것처럼 나 역시 길
위에서 다시 답을 찾기 위해
걸었다.
답은 늘 내 안에 존재하였고,
길은 그 답을 찾기 위해
노란 화살표를 따라 나를
안내해주었다.

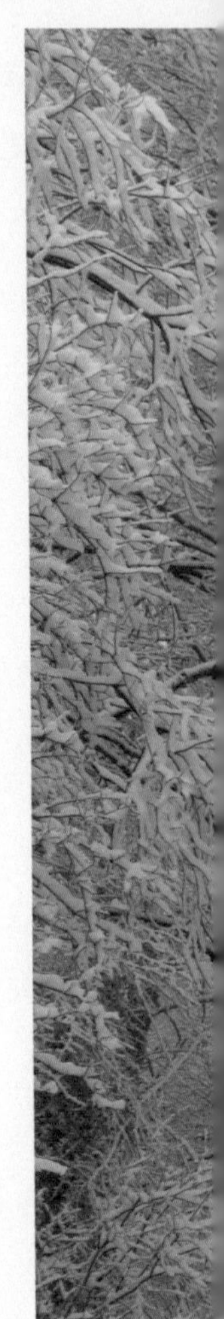

50

잘 다니던 삼성을 왜 퇴사했을까?

"저 이만 퇴사하겠습니다."

"퇴사하고 계획은 있는 건가?"

"일단 세계여행을 떠나보려 합니다."

"그럼 일단 최대한 휴가를 줄 테니 다녀와서 다시 생각해보는 건 어때?"

"감사합니다만, 이미 마음을 정했습니다."

나의 최종 목표였던 삼성전자에서 4년간 한 직장 생활은 생각보다 짧게 마무리되었다. 처음 마음을 졸이며 최종합격을 확인하고 환호성을 친 것에 비교하면 조촐한 마무리였다. 그때는 삼성에만 들어가면 내 모든 인생은 바뀌리라 생각했다. 무엇을 위하여 그토록 노력했던 것일까?

내가 들어간 부서는 당시 LTE 시스템을 개발하는 부서였다. 스마트폰이 이제 막 출시되면서 각 통신사에서는 가장 빠른 속도의 LTE를 홍보하며 치열하게 경쟁하고 있었고, 그 광고 속 성능을 맞추기 위해 매일 밤을 지새우고 있었다.

삼성전자에서의 삶은 내 생각과 매우 달랐고, 멋진 사회인으로 양복을 입고 세계로 출장을 다니며 비즈니스를 할 거란 기대와 달리 매일 똑같은 옷을 입고 온종일 연구실에서 프로젝트 일정에 맞추기 위한 치열한 전투를 벌이며 밖에 비가 오는지 눈이 내리는지 해가 지는지도 모른 채 앞만 보고 살아갔다.

처음 신입사원으로 들어갔을 때는 모든 팀원이 퇴근하지 않고 자연스레 다 같이 저녁을 먹은 후 다시 일하는 것이 이상하고 불합리해 보였다. 신입사원인 내게는 일찍 퇴근하라고들 말씀하셨지만, 팀 분위기상 도저히 갈 수가 없었다. 내가 할 수 있는 일이 없더라도 함께 남아 업무를 배우지 않으면 도태될 것 같았다.

하지만 나 역시 이런 회사 생활에 적응하는 데 그리 오래 걸리지 않았다. 1년, 2년 지나면서 어느새 후배들에게 퇴근 시간이니 "어서 퇴근해"가 아니라 "저녁 먹고 와서 하자"라고 말하고 있었다. 사실 그만큼 업무가 계속 쌓여서 퇴근할 수 없었다. 직책이 올라갈수록 주요 업무를 맡았기에 더욱더 퇴근하기는 어려웠다.

결혼 후 신혼 때도 아내와 출퇴근 시간이 맞지 않아 주말부부와 같은 생활을 하며 평일에는 서로 자는 모습만 보기 일쑤였다. 나는 매일같이 어두컴컴한 밤에 달을 보며 퇴근했는데, 어떤 때는 아침에 떠오르는 해를 보며 퇴근하는 날도 있었다. 어느 날은 문득 아침에 출근하면 언제 퇴근할지 모르는 자신이 하루살이 같다는 생각이 들었다. 처음 회사에 입사하였을 때 그렸던 사회적으로 인정받고 행복한 날들을 살아가는 모습은 전혀 없었고 업무에 지쳐 그저 퇴근하기만을 바라보는 불행한 나만 있을 뿐이었다. 주위에서는 "그래도 돈은 많이 벌지 않냐", "삼성에 다니는 게 어디냐"라며 부러워했지만 정작 나는 나 자신을 점점 잃어가고 있었다. 이것은 내가 원하던 행복한 삶은 아니었다.

상무님께서는 언제 가장 행복하신가요?

제법 일에 익숙해진 입사 3년 차 무렵, 사업부장님까지 결과가 올라가는 새로운 프로젝트를 성공시키기 위해 미국에서 온 엔지니어와 며칠 밤을 지새워가며 일하던 때였다. 집에도 못 가고 회사에서 쪽잠을 자며 일한 결과, 기한을 얼마 남겨두지 않고 첫 단계를 성공시켰다.

보고가 끝난 저녁, 상무님께서 우리 팀을 위해 저녁 식사 자리를 마련해주셨고 미국에서 온 엔지니어가 가장 큰 역할을 내가 해주었다고 말하여 얼떨결에 가장 막내였던 내가 상무님 옆자리에 앉아 식사하였다. 당시 상무님은 지나가며 인사할 때를 제외하고는 대화를 나눌 기회가 전혀 없었기에 술이 한 잔 두 잔 오간 후 나는 용기를 내어 상무님께 한 가지를 여쭈었다.

"상무님께서는 언제 가장 행복하신가요?"

나는 당연히 멋진 신기술 개발이나 임원 진급 혹은 회사에서 인정을 받았을 때라고 답변하실 것을 기대했다. 하지만 상무님의 행복은 전혀 예상치 못한 곳에 있었다.

상무님은 일요일 저녁 〈개그콘서트〉 시작할 때가 행복하다고 말씀하셨다. 일주일 중에 유일하게 아무 생각 없이 웃는 시간이라며, 〈개그콘서트〉가 끝나는 시점부터 다시 업무 생각에 스트레스를 받으신다고 했다.

나는 상당히 놀랐다. 세계적인 기업의 상무님의 행복이 TV 프로그램이라는 것이 일개 사원인 나와 크게 다르지 않아 놀랐고, 내가 평생을 치열하게 노력해도 될까 말까 한 삼성 임원이 된다 해도 그리 행복하지 않다는 것에 놀랐다. 물론, 승진하셨을 때나 멋진 프로젝트를 성공시켰을 때도 행복하셨겠지만 그 행복은 당시에 남아 있지 않았던 것 같다.

그렇다면 내가 여기에, 이 회사에 있을 이유가 있는 것일까? 물론, 모두가 똑같이 느끼지 않고 그 안에서 자신의 가치 실현을 하셨던 이도 있었겠지만, 적어도 내가 느끼기에 내가 속했던 조직 구성원 대부분은 매일매일 정말 치열하고 힘들게 살고 있었다. 보이지 않는 승진의 경쟁 속에 살고 있었고, 매년 지급되는 보너스가 몇 퍼센트인지에 따라서 희비가 엇갈렸다. 그리고 그런 삶은 내가 원하는 것은 아니었기에 나는 마음속으로 퇴사를 결심하게 되었다.

사회적 지위, 매달 들어오는 월급으로 사는 안정적인 삶과 반대로 꿈을 꾸고 두근거리는 가슴으로 가치 있게 사는 이상적인 삶은 매일 머릿속에서 줄다리기하고 있었다. 마음은 먹었지만 가진 것을 모두 내려놓고 불확실한 미래에 투자한다는 것은 쉽지 않은 일이었다.

그러던 어느 여름날 오랜만에 일찍 퇴근하여 아내와 집 앞에 있는 가게에서 시원한 생맥주를 한잔하게 되었다. 우리는 자연스레 회사에서 있었던 이야기를 안주 삼아 나누었고 나는 자연스럽게 스스로 합리화시키며 아내에게 회사에 조금 더 있어야 하는 이유를 이야기하면서 아내를 설득했다. 그리고 이야기를 나누던 중 아내가 내게 말했다.

"그럼 퇴사 안 하고 계속 회사 다닐 거야?"

"아니, 퇴사해야지. 그런데 조금만 더 다니다가 할까 봐."

"그럼 바뀌는 게 있어?"

"아니, 크게 바뀌는 건 없지."

"오빠가 예전에 나한테 한 말 기억나? 만약에 오빠가 나중에 회사 생활에 익숙해져서 스스로 합리화시키면 나한테 잡아달라고 말했었던 거."

나는 그 순간 망치로 뒤통수를 한 대 맞은 듯했다. 잊고 있던 내 모습이 떠올랐다. 아내에게 언젠가 세계여행을 떠나자고 말했던 것과 가치 있는 삶을 살자고 했던 것, 그리고 그때 내가 결정을 내리지 못하면 네가 나를 꼭 붙잡아달라고 말했던 것. 아마 당시의 나는 파울로 코엘료의 《순례자》라는 책에서 용기와 열정에 대한 부분을 읽고 아내에게 이야기했던 것 같았다. 나는 더는 망

설이지 않았다. 그 후 딱 1년 동안 소비 대신 저축을 하며 행복을 찾아 우리의 꿈을 향해 한 걸음 내디뎠다.

"선한 싸움은 우리가 간직한 꿈의 이름으로 행하는 것입니다.
젊은 시절 우리 내면에 간직한 꿈들이 힘차게 꿈틀댈 때면
우리는 용기백배지만 그땐 싸우는 법을 알지 못하지요.
각고의 노력 끝에 마침내 그 방법을 터득하게 되었을 때는
전장에 뛰어들 용기가 남아 있지 않습니다.
결국에는 자신의 꿈은 유치하거나, 실행하기 힘들다거나,
인생에 대해 몰랐을 때나 꾸는 꿈이라고 자신을 합리화시키면서 말이죠.
선한 싸움을 끌어낼 용기가 없어서 자신의 꿈을 죽여버리는 겁니다."

_파울로 코엘료의 《순례자》 중

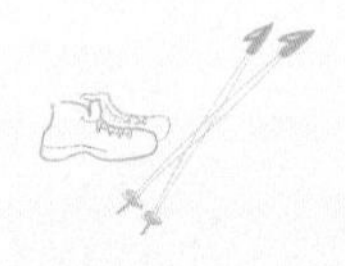

열심과 행복은 동의어가 아니었다

만약 열심히 살아서 행복하다면 우리 사회의 대부분은 행복할 것이다. 하지만 현실은 그렇지가 않다. 이 글을 읽는 독자도 아마 공감할 것이다. 우리는 다 열심히 살아왔다. 그런데 왜 행복하지 않은 것일까?

내가 기억하는 어린 시절 첫 번째 꿈은 고고학자였다. 책을 보다 화석에 대해 흥미를 느꼈고 공룡을 발굴하고 지층을 분석하면서 시간여행을 하는 듯한 모습이 멋져 보였다. 고등학교 시절에는 해양학자가 되고 싶었다. 아버지랑 다니던 낚시가 재밌어서, 산보다는 물을 좋아해서 보이지 않는 바다에 사는 수많은 생명체와 자원의 개발에 관해 연구해보고 싶었다. 내가 장래희망 칸에 적었던 것은 고고학자와 해양학자였다.

어릴 적 나의 꿈은 대학입시 후 전공학과를 선택하면서부터 현실과 타협하기 시작했다. 사실 왜 해양학과에 가고 싶은지 깊게 생각해보지도 않았고, 현실과 타협하여 당시 취업도 잘 되고 사회적으로 인기가 있다는 전자공학과에 들어갔다. 그렇게 들어간 대학은 당연히 재미가 없었다. 대학 1학년 때는 새로운 친구들을 사귀고 알아가는 것이 공부하는 것보다 재밌어서 그저 친구들과 동아리 활동을 하며 매일 술을 마시러 학교에 다녔는데, 마음에 들지 않는 학과와 조금 더 좋은 대학을 가고 싶은 마음으로 재수를 해야 하나 고민도 깊었다.

고심 끝에 아버지께 재수하겠다고 말씀드리니 아버지께서는 ROTC 학군단을 제안하셨다. 그렇게 나는 군인으로 또 전혀 계획에 없던 시간을 보내게 되었다. 하지만 인생에서 처음으로 잘한 선택이라고 하면 ROTC에 지원한 것이라고 말하고 싶을 정도로 나에게 도움이 되었다.

ROTC를 시작하는 2학년 겨울방학부터 2년간 그리고 군 생활을 하는 2년 4개월 동안 매일 훈련을 통해 인내심, 끈기, 자신감을 몸에 습득하였고 무엇보다 목표를 달성하는 방법을 알게 되었다. 학교에 술만 마시러 다니던 대학생이 학군단을 하며 매일 새벽 학교를 10km씩 달리고 하루 4시간 자면서도 살 수 있다는 것을 알게 되었다.

그리고 무엇보다 그 시간 동안 평생 함께할 수 있는 멋진 동료들이 생겼다. 지금까지도 항상 좋은 일, 힘든 일이 있을 때마다 가장 먼저 달려와서 도와주는 사람들은 ROTC 동기들이다. 언제나 함께할 수 있는 누군가 있다는 것은 살면서 꽤 큰 힘이 된다. 그런데 이렇게 소중한 동기 중 한 명을 갑작스럽게 먼저 하늘로 보내면서 내 삶은 전혀 다른 방향으로 접어들었다.

오늘은 어제 죽은 이가 그토록 바라던 내일이다

스물대여섯. 아직 어리고 삶에 대해서 알지 못했던 나는 총 4명의 청춘이 떠나가는 모습을 지켜보아야 했다. 들뜬 마음으로 첫 휴가를 나왔을 때 만난 고등학교 친구들에게 나는 2살 어렸던 친구의 동생이 갑작스럽게 세상을 떠났다는 예상치 못한 소식을 듣게 되었다. 늘 해맑게 따라다니며 밝게 인사하던 예쁜 모습이 눈에 선하였다. 그날 밤 나는 밤새 술을 마셨다.

그해 겨울, 어릴 적부터 함께 놀던 친척 형도 백혈병으로 눈처럼 사르르 떠나갔다. 마지막까지 자신의 옆에 오지 말라던 형은 결국 병마를 이기지 못하고 떠나가버렸다.

그리고 이듬해 2월 동고동락했던 동기의 죽음을 마주하였을 때 나는 이미 삶의 의미를 상실한 상태였다. 무엇을 해도 행복하지 않았고, 무기력과 공허함 속에 밤잠을 이루지 못하였다. 군대에서 세상과 차단된 채 그저 내가 해야 할 일과 훈련에만 집중하며 하루하루를 보냈다.

다시 한 달 뒤 1년 후배의 훈련 중 부고 소식을 들었을 때는 슬픈 감정조차 들지 않았다. 군 생활을 마친 후 '나는 먼저 떠나간 그들의 삶까지 대신 잘 살아야 한다'는 알 수 없는 압박이 내 무의식 속에 자리 잡았다. 그리고 마음속에 한 문장이 새겨졌다.

'오늘은 어제 죽은 이가 그토록 바라던 내일이다.'

2008년, 몇 명의 삶을 어깨에 짊어진 채 2년 4개월의 군 생활을 종료했다. 나는 무작정 성공하기 위해 군인처럼 임무를 완수하듯, 목표를 달성하듯 살아가기 시작했다. 나의 첫 번째 목표는 전자공학 전공자의 가장 좋은 직장인 삼성전자에 취업하는 길이었다. 왜 삼성전자에 취업해야 하는지, 무엇을 하고 싶은지에 대한 답은 없었다. 삼성전자에 취업하면 그냥 행복할 것 같았다. 어쩌면 다들 취업준비를 하니까 사회의 흐름을 따라 나도 취업준비를 했고, 그중에 그저 가장 좋다는 곳을 골랐을지도 모른다.

새벽부터 줄을 서서 토익학원에 입장하여 밤이 될 때까지 취업을 위한 영어공부에 매진하였다. 하지만 기초지식이 부족하니 쉽사리 점수가 오르지 않았다. 온종일 학원 공부에 매달려 점수를 올리는 스킬을 배우고 집에 돌아가는 지하철에서 깜깜한 창문을 바라보다 마치 나 같다고 느꼈다. 역에 도착하면 밝게 비추다 금세 깜깜해지는 것이 반복되는 모습이 계속해서 빙글빙글 도는 듯한 나의 모습과 같은 기분이었다. 문득, 유한한 삶의 소중한 시간을 낭비하지 않고 제대로 영어를 배우고 싶다는 생각이 들었다.

얼마 지나지 않아 나는 캐나다 워킹홀리데이를 가기로 했다. 당시 워킹홀리데이는 호주나 캐나다 밴쿠버로 가는 것이 유행이었지만 나는 미국과 조금 더 가까운 경제수도, 토론토에 더 좋은 경험과 일자리가 있으리라 생각했다. 아무래도 해외 IT 회사에서 경험을 쌓는다면 취업과 실제 업무 경험에 도움이 될 거란 생각이 들어서 영어와 취업 두 마리 토끼를 모두 잡아보기로 했다.

토론토의 현지 아카데미 중 인턴십 프로그램을 운영하는 곳으로 떠난 나는 3개월간 영어공부에만 매진했다. 세계 각국에서 온 친구들과 어울리며 수업에 배운 것을 실제 생활에 적용해보며 영어공부에 열을 올렸다.

그렇게 3개월 후 나는 통역 없이 어느 정도 일상생활이 가능해졌으며 회사에 이력서도 쓸 수 있게 되었다. 하지만 캐나다에서, 그것도 IT 회사에서 인턴 자리를 구하기는 쉽지 않았다. 계속해서 이력서를 보냈지만 돌아오는 대답은 대부분 인턴을 구하지 않는다는 보기 좋은 거절이었다. 하지만 포기하지 않고 계속 비즈니스영어를 공부하며 이력서를 수정해 제출했고, 총 3곳의 회사에서 면접 기회를 얻었다.

토론토 시내 외곽에 있는 회사여서 3시간이나 걸려 버스를 두 번이나 갈아타고 면접을 보러 갔다. 면접관은 가자마자 신문을 던져주며 읽어보라고 했다. 면접을 보는 내내 면접관은 내 이야기를 그리 집중해서 듣는 것 같지 않았다. 면접이 끝나고 잠시 밖에서 기다리라고 하였다. 30분 넘게 아무 이야기가 없어서 그저 멍하니 기다리다가 다시 리셉션에 가서 물어보니 그제야 이메일로 답변을 준다고 가도 좋다고 하였다.

회사 밖으로 나오니 이제야 처음 와보는 낯선 곳에 혼자 덩그러니 있다는 생각이 들었다. 새벽 6시에 일어나서 아무것도 먹지 못하고 나는 무엇 때문에 한국에서 먼 이곳까지 와서 이런 대접을 받는 것일까 서러움이 밀려왔다.

그 뒤 다행히도 작은 회사지만 좋은 인성의 대표님과 일할 기회를 얻었다. 일하게 된 회사는 아이폰 애플리케이션을 개발하는 곳이었는데 당시 한국은 스마트폰이 출시되기 전이라 상당히 좋은 경험을 쌓을 수 있었다.

캐나다에서의 생활은 간절했고 정말 열심히 살았다. 최대한 영어에 집중하기 위해 노력했으며 회사에서도 최선을 다했다. 영어와 취업이라는 워킹홀리데이의 목표는 달성하였지만, 처음과는 다르게 시간이 갈수록 외롭고 힘들었다.

나보다 먼저 떠나간 이들의 삶까지 내가 더 열심히 살아야 한다고 스스로 채찍질하며 멀리 낯선 곳까지 떠나 열심히 살았지만 내 삶은 행복하지도 만족스럽지도 않았다.

불안을 안고 사는 세대

나는 늘 불안과 초조 속에 살아갔다. 아침에 일어나면 '오늘 하루는 어떤 좋을 일이 생길까?' 대신 '오늘은 또 어떤 예상치 못한 일이 생길까?'라는 생각이 먼저 들면서 하루를 불안함으로 시작하였다. 늘 불안을 안고 있다 보니 무엇하나 제대로 할 수가 없었다. 끊임없이 할 일을 만들었고, 머릿속에는 늘 해야 할 일로 가득 차 있었다. 나의 불안은 다가오는 미래에 내가 예상하지 못하거나 통제하지 못하는 불확실성 때문에 시작되었다.

'엄청난 취업난 속에 나는 취업할 수 있을까?'

'오늘 출근하면 나에게 또 어떤 힘든 일이 생길까?'

'상사와의 마찰로 오늘도 스트레스를 받지는 않을까?'

'나쁜 고객을 만나서 막말을 듣지는 않을까?'

'새로운 관계 속에서 또다시 상처받지는 않을까?'

나는 이러한 질문들을 매일 떠올리며 불안과 마주하고 있었다.

이제 막 사회생활을 시작하는 청년들은 더욱 힘들어지는 취업난과 경쟁 속에 취업할 수 있을지, 성인이 되면서 경제 활동을 하며 잘 살아갈 수 있을지, 지금 하는 일이 나에게 맞는 일인지, 잘해낼 수 있을지를 모른 채 날마다 불확실성과 싸우게 된다.

직장인도 불안하기는 마찬가지다. 회사라는 조직 속에 속해 이익을 창출하기 위해 수많은 일을 해나가야 하며 계속 새로운 기술을 배워야 하고, 새로운 업무를 익혀야 한다. 무에서 유를 창출해야 하기도 하고 난공불락의 고객을 설득해야 하기도 한다. 나와 생각이 다른 동료와 일해야 하기도 하고 상사와의 마찰도 견뎌내야 한다.

미래에 대한 불확실성에 대한 불안은 생존의 불안도 있지만, 사회적 불안도 크게 작용한다. 인간은 사회적 동물이라 생존을 넘어 사회에서 인정받고 싶어 하고 공동체를 이루고 싶어 하고 가까운 친구를 사귀고 싶어 한다. 돌이켜 생각해보면 나는 항상 친구욕심이 있었다. 좋은 친구와 늘 함께 있고 싶었고, 인기 많은 아이와도 친구가 되고 싶었다. 점심시간에 도시락을 함께 먹을 친구들을 찾았고, 하굣길에 같이 집에 갈 친구들을 찾았다. 어쩌면 공동체에 속하고 싶었는지도 모르겠다.

나의 이런 사회적 불안은 ROTC를 하면서 항상 믿고 함께할 수 동기들을 만나 많은 부분이 해소되었다. 또 가톨릭 세례를 받아 처음 기도하면서 성당 공동체에 속해졌다는 믿음이 생겼고,

전역 후 성당 청년부 활동을 하면서 많이 위로받고 안정감을 느끼게 되었다. 이해 관계없이 서로를 믿을 수 있는 관계가 형성되면서 나의 불안은 해소될 수 있었다.

하지만 인생은 이런 따뜻한 관계 속에서만 살 수 있는 것은 아니다. 우리 사회는 끊임없이 불안을 야기하고 우리에게 주입시킨다. 가장 크게 우리를 불안하게 만드는 요소는 언론과 대중매체다. 역대 최저 경제 성장률, 갈수록 힘들어지는 취업난, 반인륜적인 범죄, 주택 공급 부족 등 끊임없이 우리의 생존과 사회적 안정을 위협하는 기사들이 우리를 무의식적으로 불안 속에 가두어버린다.

특히, 2020년 이후 코로나19로 인해 우리는 더욱 불안 속에 갇혀버렸다. 매일 뉴스에서 나오는 확진자와 사망자 기사, 그로 인해 제약되는 우리의 일상들, 마비되는 경제 활동, 실직자와 자영업자의 폐업 등 불안은 가속화되고 있다. 이와 반대로 유동성 증가와 자산가치 하락, 부동산 정책이 맞물려 집값은 천정부지로 올랐고 우리는 생존의 가장 기본인 집을 이제는 갖지 못할 수도 있다는 큰 불안을 안게 되었다.

나만 잘못하고 있는 것과 같은 불안이 느껴지다

또한, 인터넷과 SNS(소셜네트워킹서비스)로 인해 수동적 정보획득에서 능동적 정보획득이 손쉬워짐과 동시에 사회적으로 불안을 야기하는 부작용도 발생했다. 언론 보도를 통해 접한 사회적 이슈로 이미 많은 불안이 생성되고 있는데 SNS 속 나와 비슷한 누군가 혹은 친구들은 모두 잘살고 있고, 잘하고 있는데 나만 잘못하고 있는 것과 같은 불안이 느껴진다. 우리는 대기업 총수, 톱스타들이 좋은 차를 타고, 좋은 집을 사면 크게 불안하지 않지만, 나와 비슷한 또래의 누군가 또는 나와 학창 시절을 같이했던 친구가 좋은 차를 타고 좋은 집을 사면 자신과 비교하게 되면서 불안을 느낀다. '내가 지금 잘못하고 있는 것은 아닐까?', '나도 무엇인가 해야 하지 않을까?' 하는 생각과 함께 판단력을 잃게 되고 남을 따라서 행동하게 된다.

그런 이유로 최근에는 포모(FOMO, Fear of missing out) 증후군이라는 신조어도 생겼다. '소외되는 것에 두려움, 자신만 뒤처지고, 놓치고, 제외되는 것 같은 불안감을 느끼는 증상'이라고 설명하고 있다(네이버 두산백과 참고). 이러한 포모 증후군으로 인해 우리는 주식과 코인에 투자하거나 '영끌'이라 불리는 무리한 대출을 받으면서 집을 구매하는 등 정확하게 생각하고 판단할 겨를도 없이 행동하기도 한다.

또 끊임없이 SNS를 통해 다른 이들의 생활을 보면서 그들이 간 유명한 맛집과 카페를 따라가고, 그들이 산 멋진 옷을 따라 입고, 그들이 하는 취미를 따라서 한다. 내가 원하는 것이 무엇인지 내가 좋아하는 것이 무엇인지를 알지 못하고 내 삶을 사는 대신 누군가의 삶을 살게 된다. 불안이 초래한 삶은 유행을 좇아 열심히 즐기면서 사는데도 불구하고 행복하지 않을 수 있다.

알랭 드 보통은 자신의 저서
《불안》에서 이렇게 말했다.
"우리가 현재의 모습이 아닌 다른 모습일 수도 있다는 느낌, 우리가 동등하다고 여기는 사람들이 우리보다 나은 모습을 보일 때 받는 그 느낌, 이것이야말로 불안의 원천이다."

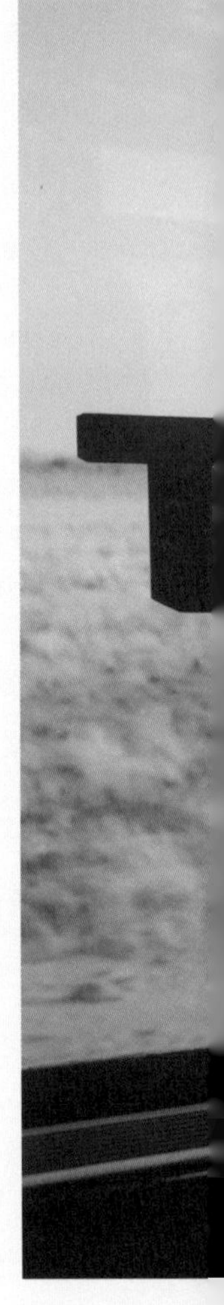

되고 싶은 '나'만 남은 삶

'행복하게 살고 싶다.'

아마 우리가 모두 늘 가슴속에 품으며 꿈을 꾸는 문장일 것이다. 나 역시 행복하게 살고 싶은 마음으로 15년 동안 행복을 좇았다. 하지만 행복은 늘 잡힐 듯 잡히지 않고 날아가 버리는 나비 같았다.

고대 그리스 철학자 아리스토텔레스는 행복을 '인간의 고유한 기능이 덕에 따라 탁월하게 발휘되는 영혼의 활동'이라고 정의했다. 고대에서부터 수천 년이 지난 현재까지 행복은 인간이 추구하는 궁극의 목표다. 시중의 서점에 행복이라는 단어로 나와 있는 책만 검색해도 2만 3,500여 권이 나온다. 그만큼 우리는 행복을 꿈꾸며 살아간다. 하지만 유엔 산하 자문기구인 지속가능발전해법 네트워크(SDSN) 2022 세계 행복보고서에 따르면 대한민국의 2021년 행복지수는 전 세계 146개국 중 59위로 나타났다. 이는 60위 필리핀, 61위 태국보다 조금 높은 수준이다. 우리는 왜 행복하지 않다고 느끼는 것일까?

우리나라는 전 세계에서 유례없는 빠른 경제성장을 이룩한 나라다. 1960년대 IMF의 원조를 받는 나라에서 불과 40년 만인 2000년대에 이르러 원조를 지원해주는 나라로 성장하였다. GDP 세계 12위, 전 세계 37개국 OECD 가입국 및 G20의 경제성장 대국으로 발전하였다.

하지만 유례없는 경제성장을 이룩한 만큼 앞만 보고 빠르게 달려오면서 많은 것을 보지 못하고 지나쳤다. 그로 인해 50~60대 베이비붐 세대에게는 은퇴 후 어떻게 살아야 할지 모르는 삶의 상실감을 안겨주었고, 80~90년대 세대는 삶의 목적에 대해 생각해볼 겨를없이 자신이 무엇을 좋아하는지 잘하는지 모르는 채 똑같이 자랐으며, MZ 세대에게는 엄청난 정보의 홍수 속에서 무엇이 옳은지 판단하지 못하는 풍요 속의 빈곤을 가져다주었다.

우리의 아버지 세대는 자녀에게 자신의 힘듦을 대물림하지 않고, 행복한 삶을 살게 하고 싶었기에 다만 좋은 대학과 좋은 직장을 가는 것이 가장 중요한 일이며 성공의 법칙이라고 가르쳤고, 사회 역시 그것이 올바르게 사는 방법이라고 규정지었다.

하지만 시대가 변하고 경제적 안정을 이루고 나니 삶을 살아가는 데 있어서 먹고사는 것만이 전부가 아니었음을 알기 시작했다. 그것만이 행복을 가져다주는 것이 아니었음을, 성공의 법칙이 삶을 오히려 불행하게 할 수도 있다는 것을 알게 되었다. 자신을 돌아볼 겨를이 없었던 아버지, 좋은 직장에 가는 것만이 전부라 생각했던 청년, 어릴 적부터 물질적으로는 풍요롭지만, 정신적인 빈곤을 느꼈던 아이들은 자신의 삶에 대해, 행복에 대해 생각하고 고민하기 시작했다.

오늘도 누군가의 삶을 바라보고 동경한다

현재 MZ 세대들은 행복하게 살기 위한 자신들만의 방법을 찾고 있다. 코로나가 기승을 부리기 몇 해 전까지는 YOLO(You Only Live Once)를 추구하는 삶이 인기였다. 이제는 아버지 시대와는 달리 열심히 일해도 집을 사기 어렵고 미래의 행복을 보장할 수 없으므로 미래를 위한 저축보다는 현재를 위한 소비를 하기 시작했다. 조금 비싸더라도 먹고 싶은 것을 먹고, 경험을 위해 아낌없이 소비했다. 그 가운데 가장 인기 있던 소비는 여행이었다.

YOLO를 추구하는 세대의 여행은 기존 여행과는 다소 달랐다. 기존세대의 여행은 해외의 유명한 관광지를 가고, 새로운 풍경을 보고, 휴식을 취하는 것에 초점을 두었다면, MZ 세대의 여행은 단순하게 해외를 가는 것뿐만 아니라 그곳에서 내가 주인공이 되는 여행이었다.

예전에는 멋진 풍경을 보고, 맛있는 음식을 먹는 데에 그쳤다면, 지금은 그 풍경 속에 내가 주인공인 사진을 찍고, 맛있는 음식 사진을 찍어 온라인에 공유한다. 일상에서 벗어나 해방감을 느끼는 것에 집중했던 예전의 여행에서 내가 주인공이 되어 스포

트라이트를 받는 형태로 변화하였다. 그리고 그런 자신을 보면서 행복을 느끼고자 했다.

하지만 여기서 문제가 발생했다. 여행을 통해 견문을 넓히고, 영감을 얻고, 자신을 만나는 내면의 행복 대신, 게시글에 더 많은 '좋아요'와 관심을 받기 위해 더 멋진, 더 시선을 끌 수 있는 사진을 남기기에 집중하는 것이다. 이것은 행복의 기준이 내가 아닌 다른 누군가로 인해 결정된다는 것을 의미한다. 더 많은 관심과 사랑을 받지 못하면 아쉬움과 섭섭한 마음이 들고 다른 더 유명한 사람의 여행을 부러워하게 된다.

그래서 내가 진정으로 원하는 여행보다는 다른 유명한 사람의 여행을 따라 하게 되고 이 과정은 결국 소수의 승리자만 살아남는 여행이 되고 만다. 그렇게 '한 번뿐인 인생 지금을 즐기자'라는 YOLO의 행복은 진정으로 YOLO를 이해한 사람만이 느낄 뿐이었다.

MZ 세대의 행복하기 위한 방법은 전혀 다른 방향으로 흘러 빨리 돈을 벌어 일찍 은퇴하는 FIRE(Financial Independence Retire Early)로 바뀌었다. 평생 일하기보다는 젊었을 때 치열하게 돈을 모아 노후에 즐겁고 편하게 살자는 미국에서 시작된 현상이 우리나라에도 들어오기 시작했다. 파이어족의 목표는 부를 무한대로 쌓는 것이 아닌 재정적 목표를 세우고 자립하는 것이다. 소비를 줄이거나 생활습관을 미니멀라이프에 맞춰 원치 않는 노동을 하지 않고 자신이 좋아하는 일을 하며 살아가는 것 또한 FIRE라고 할 수 있다.

하지만 이러한 FIRE 운동은 어떤 중요한 가치보다 빠르게 돈을 벌고 은퇴하자에 집중되어버렸다. 점점 더 어려워지는 청년 취업과 근로소득으로는 따라잡기 어려운 자산소득의 증가 속에 계층이동의 사다리를 올라갈 기회와 희망마저 잃은 청년들은 더 쉽고 빠르게 돈을 벌고자 하는 방법으로 빠지고 있다. 일을 통한 자신의 가치와 성장 그리고 그 안에서 느낄 수 있는 행복보다 언론에 매일 발표되는 주식과 코인 투자를 통해 돈을 쉽고 빠르게 버는 누군가의 삶을 따라서 하기 시작했다.

사회는 행복의 척도를 돈의 축적으로 유도하고 MZ세대들은 계속해서 방향을 잃은 채 그저 행복하기 위해 오늘도 누군가를 쫓아가고 있다. 그리고 그 과정에서 우리는 불안과 실망, 허무함을 얻고 자존감을 잃으며 오늘도 누군가의 삶을 바라보고 동경한다.
그리고 어느새 진정한 나의 모습은 점점 잃어버린 채, 되고 싶은 모습만 존재하고 있었다.

일단 여행을

떠나보는 삶

"세계는 한 권의 책이다. 여행하지 않은 사람은 그 책의 한 페이지만 읽은 것과 같다"라고 아우구스티누스 성인이 말한 것처럼 나는 세상을 여행하며 새로운 나를 찾고 숨겨진 행복을 세상 끝 어디에선가 보물찾기처럼 찾아낼 거라는 희망을 품고 아내와 세계여행을 떠났다. 터키에서 시작하여 아프리카, 지중해, 동유럽, 서유럽, 마지막 여정으로 산티아고 순례길을 걷기로 계획했고, 이 여행이 내가 앞으로 살아갈 인생의 답을 찾아줄 거라 굳게 믿고 있었다.

여행은 사실, 그 자체만으로도 우리에게 행복을 가져다주는 마법 같은 도구다. 낯선 환경에서 매일 새로운 것을 마주하고 새로운 사람을 만나며 맛있는 것을 먹고, 무엇보다 출근하지 않아

도 된다는 이유로 사람을 기분 좋게 만든다. 게다가 여행은 뭔가 끊임없이 하고 있다는 성취감까지 주니 더할 나위 없는 행복의 지름길이었다.

처음 터키에서 여행을 시작하여 몇 개 도시를 거쳐 멋진 석회암지대로 유명해진 작은 마을 '파묵칼레'의 호스텔에 도착했다. 호스텔에 짐을 풀기 위해 체크인을 하는데 로비에 지긋이 나이 드신 어르신과 그보다 약간 젊은 어른들이 소파에 앉아 계셨다. 주인아저씨는 그들과 이야기를 나누다가 우리가 온 것을 발견하고 체크인을 도와주셨는데 우리 여권을 보고는 형제의 나라에 온 것을 환영한다고 환하게 웃으며, 소파에 앉아 있는 가장 나이가 많은 어르신을 한국전쟁에 참전하신 군인이라고 소개했다.

한국에서도 만나기 어려운 한국전쟁 참전용사를 머나먼 터키에서 마주하리라곤 상상도 못 했다. 영어를 할 줄 모르셔서 많은 대화를 나누지는 못했지만, 우리의 두 손을 꼭 잡고 웃으시는 모습에 마음이 벅차올랐다. 아내와 나는 연신 90도로 인사하면서 우리나라를 지켜주셔서 진심으로 감사드린다는 마음을 전했다. 여행은 이런 예상치 못한 감동도 선사한다.

터키 이후에는 아프리카 여행을 했는데 한 달간 트럭을 타고 남아프리카공화국 케이프타운에서 짐바브웨 빅토리아폭포까지 가는 여행을 계획했다. 여행할 수 있게 개조한 약 20명 정도 탈 수 있는 트럭(트럭이긴 하지만 내부는 버스에 가깝다)을 타고 전 세계에서 모인 여행자들과 함께 떠나는 여정이었다. 우리는 아프리카를 오면서 작은 프로젝트를 준비했는데, 그것은 아프리카 아이들에게 자신의 사진을 남겨주는 것이었다. 휴대폰으로 사진을 찍어 즉석에서 출력할 수 있는 포토프린터를 준비하여 자신의 사진을 남기기 어려운 아이들에게 사진을 선물하자는 취지였다.

우리는 여행 중에 도심이 아닌 시골의 작은 마을이나 원주민 마을을 방문할 때마다 재빨리 사진기를 꺼내 들고 아이들을 찾아다녔다. 마을 입구 어귀에 동양인 두 명이 다가가면 항상 몇 명의 아이들과 어른들이 신기함과 낯선 경계의 눈초리로 조금 떨어져서 우리를 쳐다보다가, 우리가 간단히 "PHOTO, PRESENT"라는 단어를 외치며 사진을 찍어준다고 하면, 관심을 보이며 다가왔다. 그리고는 한 아이의 사진을 찍어서 바로 출력해주니 신기한 듯 마을 주민들이 우르르 몰려왔다.

우리는 만나는 아이들에게 사진을 계속 찍어주었고 멋진 사진은 아니지만 사진을 찍어서 출력해주니 다들 매우 기뻐하였다. 아이들이 자신의 어릴 적 모습을 간직하며 건강하고 멋지게 자라기를 희망해보았다. 내가 아프리카 아이들에게 잠시나마 기쁨을 주고 도움을 줄 수 있다는 모습이 행복했다.

여행은 계속 행복했다. 아프리카 여정이 고되고 중간에 몸이 아파 외딴 섬에서 며칠 동안 죽다 살아나기도 했지만 그런 고생조차 여행 온 것을 후회하게 하진 않았다. 산토리니섬에서는 너무나 아름다운 풍경에 신혼여행보다 더 로맨틱한 시간을 보냈고 크로아티아 아드리안 해안의 멋진 날씨와 풍경을 마주했을 땐 인생의 모든 근심과 걱정이 사라져버린 것만 같았다.

하지만 이러한 여정도 4개월 정도 지나면서 조금씩 지루해지기 시작했다. 매번 짐을 싸고 풀면서 숙소를 이동하는 데도 지쳤고, 숙소를 찾아 길을 헤매며 만나는 낯선 풍경에도 감흥이 없었으며, 모든 것이 점점 귀찮게 느껴졌다. 저렴하면서도 안전한 지역의 숙소를 찾다 보니 공항이나 정류장에 내려서 기차나 버스를 타고 한참을 걷고 헤매야 하는 일도 다반사였다.

다시 또 다음 여행만을 기다린다

조금씩 여행의 즐거움을 잃어가기 시작할 무렵 헝가리 부다페스트에 도착하였다. 부다페스트에 도착하니 사람들이 헝가리어 외에는 거의 영어를 쓰지 못하는 듯했다. 우리는 늘 그렇듯이 기차역에서 내려서 숙소를 가기 위해 지하철을 타러 갔는데 돈을 아끼기 위해 종일권이나 2~3일권을 사지 않고 1회권을 사기로 했다. 역무원과 말이 통하지 않아 지하철 노선도에 우리의 목적지를 동그라미 쳐서 표를 끊었다.

목적지에 도착하여 오랜 여정에 지친 몸을 이끌고 터덜터덜 개

찰구를 나왔는데 검표원이 우리를 붙잡았다. 우리는 구매한 표를 보여주고 가려는데 검표원은 다시 한번 우리를 붙잡았다. 그 또한 영어를 못 했으나, 미리 준비한 듯한 벌금 표를 꺼내 보여주며 우리가 무임승차 벌금을 내야 한다는 식으로 말했다. 나는 당황하며 우리가 표를 구매했는데 왜 무임승차냐고 억울하다고 말하였다.

하지만 말이 잘 통하지 않아 한참을 언쟁하다가 영어가 가능한 자원봉사자를 불러왔다. 자원봉사자 말로는 우리가 다섯 정거장을 왔는데 세 정거장 표를 사서 왔기 때문에 벌금을 내야 한다고 했다. 그리고 표를 보니 아주 조그맣게 "3 stop ticket"이라고 적혀 있었다. 나는 억울하다며 티켓자판기에서 구매한 것도 아니고 역무원이 끊어준 거라 설명하며 우리는 가난한 배낭여행자이니 조금 양해해달라고 부탁했다. 자원봉사자는 우리의 상황도 이해가 된다며 역무원에게 가서 상황을 설명했지만, 검표원은 아주 단호했다. 그는 일말의 자비도 없이 계속 벌금을 내라 했는데, 그 벌금이 표 가격의 약 20~30배 정도 되는 금액이라 우리는 그곳에서 한 시간 넘게 계속 억울함을 호소했다. 결국, 우리가 이곳에서 사용하려 했던 환전한 현금에 모자란 돈을 더 인출해서 벌금을 냈다.

한 시간이 넘게 검표원과 힘겨운 줄다리기를 하고 호스텔에 도착했는데 프런트 데스크의 어려 보이는 직원이 우리가 들어왔는데도 응대하지 않았다. 체크인해달라고 부탁하니 그는 퉁명스럽게 쳐다보며 한숨을 내쉬고 잠시 기다리라고 했다. 다시 보니 교대할 시간인지 돈을 세고 있었던 것으로 보였는데 우리는 이미 기분이 상할 만큼 상한 터라 이 모든 게 불만족스러웠고 화가 났다.

예상치 못하게 많은 돈을 지출하여 저녁을 저렴하게 해결하기 위해 공원에 있는 시장에서 굴라시를 시켰지만, 다시 한번 엄청난 바가지를 썼고 심지어 음식도 너무 짜서 먹지도 못한 채 다 버렸다. 이런 상황에서 그 유명한 부다페스트의 야경은 전혀 멋지게 보이지 않았다.

여행이 조금씩 일상이 되어버리기 시작하자 처음에 느꼈던 설렘과 즐거움, 행복이 마냥 지속되지만은 않았다. 멋진 자연경관도 어느 순간 비슷하게 보였고, 새로운 도시에 도착해서도 이제는 익숙한 도시처럼 느껴졌다. 아무것도 하기 싫은 날도 있었고, 다 그만두고 집에 돌아가고 싶은 날도 있었다. 일하지 않아도 된다는 외부의 압력이 없는 것이 좋기는 했으나 그것조차 마냥 행복하지는 않았다. 한국으로 돌아가 다시 먹고살 고민을 해야 했고, 줄어드는 통장 잔고 속에 또다시 불안함이 마음 깊은 곳에서 조금씩 새어 나오고 있었다. 나는 여행하는 동안 행복했지만, 그 행복은 그저 여행하는 동안 느껴지는 잠시의 행복이었다.

이러한 여행에서 오는 행복을 느끼고 일상으로 돌아와서는 다시 또 다음 여행만을 기다리며 오늘의 일상을 감내하며 살아가게 되었다. 여행은 어느새 일상의 도피 또는 탈출구가 되어버렸다.

매번 행복을 찾기 위해 새로운 이벤트가 필요하다면 내 삶의 주도권은 어디에 있는 것일까? 나는 내가 주도하여 내 삶을 끌고 가고 싶었다. 그러기 위해 내가 원하고, 할 수 있고, 이벤트 없이도 행복감을 느낄 수 있는 삶의 방식이 필요하다는 생각이 강하게 들었다. 그리고 나는 그런 삶의 방식이 산티아고 순례길과 같다고 생각했다.

2

산티아고 순례길이　　　　알려주는　　　　삶의 방식

경쟁하지 말고 나아가라

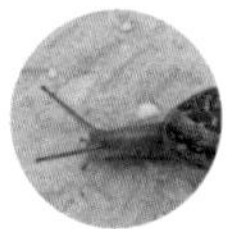

산티아고 순례길에서 누구보다 부지런하고 빠르게 시작하는 순례자들이 있다면 대부분 한국에서 온 순례자들이다. 나 역시 마찬가지로 순례길에서조차 열심히 최선을 다하고자 했다. 해가 뜨기도 전인 새벽 5시, 누구보다 빨리 눈을 떴다. 아직 자는 다른 순례자들이 깨지 않게 기지개를 펴고 조용히 침낭에서 나와 순례길 하루를 시작한다. 첫날 순례길을 출발하기 전에 긴장감 때문인지 생각보다는 아침에 일어나는 것이 힘들지 않았다.

산티아고 순례길 첫날, 순례자들은 피레네산맥을 넘어야 한다. 약 1400m 높이의 산맥이 앞으로 800km 대장정의 순례길을 각오하라는 듯 시작은 상당히 힘들다. 하지만 강원도에서 2년간 행군하며 기른 자신감으로 크게 걱정이 되지는 않았다. 배낭을 메고 신발 끈을 조여 맨 뒤 알베르게 문을 나서니 하루를 시작하기 전 고요한 마을의 모습과 함께 상쾌한 새벽 공기가 코끝을 스치며 여정의 시작을 맞이해주었다. 그리고 누구보다 빨리 출발한다는 뿌듯함과 함께 오늘 이 산맥을 빠르게 정복하여 다음 마을에 도착하겠다는 목표를 세우고 첫발을 내디뎠다.

피레네산맥은 유럽 역사에서 많이 등장하는 장소로, 샤를마뉴대제가 이베리아반도를 정복할 때도 이 피레네산맥을 넘었고, 무어인의 기습을 받아 후퇴하면서 가장 용맹한 기사였던 롤랑이 전사한 곳이기도 하다. 나폴레옹 장군도 이 피레네산맥을 넘어 스페인으로 넘어갔기에 현재 피레네산맥을 넘어가는 순례길 코스를 나폴레옹 루트라 부르기도 한다. 나는 내가 역사 속 주인공이 된 듯 용맹하게 피레네로 향했다.

피레네산맥은 우리나라 산과 다르게 좁은 산길을 가파르게 오르지는 않고 산의 능선을 따라 계속해서 올라가는 형태로 되어 있었다. 나는 최대한 쉬지 않고 빠르게 코스를 따라 올라갔다. 남들 쉴 때 쉬지 않고 페이스를 더 올리면서 산 정상을 향해 가는데, 정상이라 생각한 곳은 능선을 돌아서 올라갈 때마다 새로운 산의 정상을 보여주며 나를 자극하였다. 그 자극에 나는 피레네 산맥의 멋지고 웅장한 자연을 느끼고 경험할 새도 없이 오로지 저 정상에 도착하겠다는 일념으로 빠르게 정상만 바라보고 돌진하였다.

그렇게 남들보다 빠르게 첫날의 목적지인 론세스바예스(Roncesvalles) 마을에 도착하였다. 막판에 쉬지 않고 마을에 도착하여 시원한 음료수를 들이켜고 싶다는 생각뿐이었지만, 론세스바예스는 순례자들을 위한 작은 마을로 슈퍼마켓이 존재하지 않았다. 너무 이른 시간에 도착하여 알베르게도 오픈하기 전이었다. 나는 빨리 온 보람도 없이 마을에서 알베르게가 오픈하기까지 2시간 넘게 하염없이 그저 앉아 기다리기만 하였다. 이럴 줄 알았으면 충분히 쉬면서 올 걸 하는 생각이 들었다.

산티아고 순례길은 다양한 루트가 있는데 나는 그중 프랑스 남부 생장피에드포드에서 시작하여 산티아고 데 콤포스텔라까지 걷는 프랑스 길을 선택했다. 산티아고 순례길을 걷는 순례자 대부분이 걷는 가장 대중적이고 유명한 길이다. 이렇게 우리는 한 방향의 순례길을 걷기 때문에 걸으면서 수많은 순례자를 마주하게 된다. 하루는 길을 걷다가 나무 그늘 밑에서 기타를 연주하며 쉬고 있는 순례자를 만났다. 걷기에도 바쁘고 힘든데 저렇게 기타를 매고 온 순례자가 신기하였다. 그리고 저렇게 여유 있게 쉬면서 언제 도착할까 하는 걱정과 궁금증이 생겼다. 그 순례자의 멋진 기타연주를 감상할 새도 없이 바쁘게 내 발걸음은 다시 앞으로 향했다.

그렇게 바쁘게 며칠 동안 걷다가 하루는 파울로 코엘료의《순례자》책에 나와 있는 속도 훈련을 따라 해보기로 하였다. 평소보다 두 배 이상 느린 걸음으로 걸으며 주변 환경과 사물을 느껴보는 훈련이었다. 빠르게 걷던 걸음을 잠시 멈추고 주변을 돌아본 후 눈을 감고 천천히 걷기 시작했다. 천천히 걸으려는 내 몸과는 달리 오히려 심장은 빠르게 뛰며 나도 모르게 다시 발걸음이 빨라지기 시작했다. 나는 의식적으로 발걸음을 다시 느리게 하여 걷기 시작했다. 단순히 느리게 걷기가 이토록 어려울지 몰랐다.

마음속으로는 조급함이 다시 들기 시작했고 그 순간 뒤에서 순례자가 나를 지나치며 앞서 나가기 시작했다. 순간, 속도 훈련은 모두 잊고 어서 빨리 걸어야겠다고 몸이 먼저 반응하여 발걸음이 빨라졌다. 나는 앞서가는 순례자의 배낭만을 바라본 채 다시 빠르게 걷기 시작하였다. 그렇게 십여 분을 빠른 속도로 걸어서 나를 앞서간 순례자에게 다시 순례길 인사인 "올라, 부엔 카미노"(hola, Buen Camino, 안녕, 좋은 길 되세요)를 외치며 지나치고 나서야 왠지 모를 안도감이 들었다. 그리고 한참을 더 빠르게 걸어 그 순례자와 더욱 거리의 격차를 벌리고 나서 잠시 쉬어가야겠다고 생각했다.

내 페이스보다 빠르게 걸은 탓에 호흡은 가빠졌고 땀으로 옷은 흠뻑 젖었다. 그늘 밑에서 잠시 쉬니 그제야 다시 속도 훈련이 떠올랐다. 빠르게 걸어온 1시간 동안 나는 길이 어땠는지 주위에 풍경이 어땠는지 전혀 보지 못했다. 문득, '무엇 때문에 이렇게 빨리 걸어온 거지?' 하는 의문이 들었다.

가만히 생각해보니 아까 나를 순례자가 지나쳐간 그 순간부터 나는 조급함이 밀려오기 시작했다. 나는 혼자서 그 순례자와 경쟁을 했던 것이었다. 나만의 시간을 위해 산티아고 순례길을 걸으러 왔고 빠르게 걸어서 도착한다고 해서 누가 알아주거나 상을 주는 것도 아니었지만 순례길을 시작한 그 시점부터 나는 홀로 경쟁하고 있었다. 내 무의식 속 경쟁심이 습관처럼 나오고 있었다.

왜 우리는 그토록 경쟁하면서 힘들게 살아왔던 것일까?

가만히 휴식을 취하며 돌이켜 생각해보니 우리는 학교에 다니기 시작하면서부터 경쟁 사회 속에 뛰어든다. 내 기억 속에는 4학년이 되는 고학년부터 학교에서 시험을 보면 성적이 몇 점인지 신경 쓰기 시작했던 것 같은데, 요즘은 유치원부터 이미 영어교육 경쟁과 좋은 사립 유치원에 가기 위한 경쟁이 시작된다.

그리고 중학교, 고등학교 동안 매 학기 중간고사, 기말고사의 점수에 따라 우리는 작은 상처에 베이기 시작한다. "조금 더 노력해야 해", "옆집 아이는 이번에 1등 했다더라"라는 이야기를 통해 우리는 무의식 속에 '경쟁해서 이겨야 한다'라는 메시지를 주입하게 된다. 고등학교 3년 내내 열심히 해서 좋은 대학에 가더라도 경쟁은 끝나지 않는다. 좋은 학점과 스펙을 쌓아서 취업전선에 뛰어들어 수많은 지원자를 제치고 직장에 들어가야 한다.

또다시 직장에서는 승진과 고과에 목매며 더욱 치열하게 살아가야 한다. 경쟁에 이긴 자야말로 진정한 승리자이자 성공한 자가 된다지만, 그 힘겨운 과정에서 이기고 살아남기 위해 수많은 칼날에 베여 상처투성이가 되면 승리자가 된다고 해도 자칫 상처뿐인 영광이 될 수 있다.

나는 그런 경쟁 속에 지쳐 있었고 경쟁하고 싶지 않았지만 살아남기 위해 항상 경쟁할 수밖에 없었다. 내 몸이 기억하는 경쟁 사회 속에서 배어든 경쟁심이 나도 모르게 순례길에서조차 나를 경쟁하게끔 만들어버려서 잠시 쉬는 순간조차도 마음 편히 쉬지 못하게 했다.

그 이후 나는 내 옆에 순례자와 경쟁하지 않았다. 아침에 조금 더 여유 있게 시간을 즐기며 출발하였고, 걸으면서 주변의 사물과 순례길의 멋진 풍경에 감동할 수 있었으며, 뜨거운 길 위에 달팽이 한 마리가 오른쪽 풀숲에서 왼쪽 풀숲으로 하염없이 기어가는 것을 발견할 수 있었다.

아마 예전 같았으면 절대 보지 못하고 순간 밟고 지나갔을지도 모르지만, 이제는 그 멋진 풍경을 볼 수 있었다. 나는 그 순간 달팽이가 위대해 보였다. 뜨거운 태양 아래 수많은 순례자의 발걸음에 밟힐 수도 있지만, 자신의 길을 묵묵히 가는 달팽이는 자신과 경쟁하는 듯 보였다. 나는 이곳에 누군가와 경쟁하러 온 것이 아니었다. 나는 나만의 순례길을 걷기 위해 온 것이었다. 마치 저 달팽이처럼 말이다.

나는 무의식 속에 보이지 않는
적과 나보다 조금 더 먼저 걸었던
누군가와 경쟁하느라 습관처럼
나를 돌아보지 못하고 스스로
힘들게 하고 있지는 않았는지
돌아보게 된다.

조급함은 가야 할 길의 장애물이다

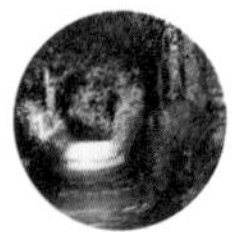

걷기 위해 또 한 걸음을 내디딘다. 언제 800km를 다 걸을 수 있을지 모르지만, 그저 걷는다. 순례길에서는 걷는 것 이외에는 따로 할 일이 없어서 아무 생각 없이 걷다 보면 어느새 4km, 10km가 지나왔다. 보통 어른의 평균속도로 하면 1시간에 4km를 걷는데, 그 지점쯤이면 어김없이 쉬었다 갈 수 있는 카페나 바르(Bar)가 나타난다. 카페에 앉아 아침에는 카페 콘 레체를, 뜨거운 낮에는 상큼한 레몬이 하나 담겨 있는 시원한 콜라를 시킨다.

이곳에서는 조급할 이유가 하나도 없다. 처음에는 다른 순례자와 경쟁하며 먼저 마을에 도착해야지 하는 마음도 들지만 그래 봤자 일찍 도착하여 알베르게에서 그저 시간을 보내거나 알베르게가 오픈하기를 기다리는 일뿐이기 때문이다. 또한, 이곳의 사람들은 조급함이라는 단어 자체를 모르고 사는 듯하다. 카페를 가도, 레스토랑을 가도, 알베르게를 가도 모두가 급한 것이 하나도 없다. 처음에 아무것도 모르고 왔을 때는 동양인이라 인종차별을 하는 것인가 잘못 생각하기도 하였는데 그런 이유가 아니었다.

스페인에서는 식당에서 종업원이 안내해줄 때까지 잠시 기다렸다가 안내해준 자리에 앉는다. 그리고 종업원이 주문을 받으러 올 때까지 기다리거나 주문하기 위해 종업원을 쳐다보고 눈을 마주치면 작은 손짓이나 손을 들어 주문을 요청한다. 우리나라처럼 종업원을 부르는 행위는 예의가 아니었다.

순례자들 또한 여유가 넘친다. 대부분 알베르게 주방에서 다른 순례자들과 저녁을 해 먹었는데 가끔 주방 사용이 안 되거나 힘든 코스를 걸은 날은 주변 식당에 저녁을 먹으러 나갔다. 우리는 보통 8명 정도가 함께 식사하러 갔는데 식사 시간이 보통 2시간이 넘는다. 식당에서 주문을 받고 음식이 나오는 데 오래 걸리기도 하지만 식사를 다 하고 나서도 이어지는 대화에 도통 일어날 생각이 없다.

나는 말이 안 통하는 것도 있었지만 보통 식당에서 식사를 다 하고 나면 일어나는 우리나라 문화와 달라서 어느 순간부터 마음에 조급함이 들어 안절부절못했다. 유난히 '빨리빨리'를 외치며 빠르게 변화하는 세상 속에 살다 온 내게, 천 년의 세월을 그대로 간직해온 산티아고 순례길은 마음속 조급함을 그만 내려놓으라고 말하고 있는 듯하였다.

산티아고 순례길을 걸으며 나는 빠르게 생활해온 내 생활방식을 조금씩 느리고 여유 있는 생활로 맞추어 나가고 있었다. 순례길의 300km 정도에 있는 큰 도시 부르고스(Burgos)는 과거 카스티야 왕국의 수도이고 멋진 고딕 양식의 대성당으로 유명하며 스페인의 영웅 엘시드의 고향이기도 하다. 이곳은 맛있는 스페인의 요리 타파스로도 유명한데, 피레네에서 만나 함께 걸은 나의 친구 호세의 여자친구 고향이기도 해서 그동안 쌓인 피로도 풀고 부르고스를 즐기기 위하여 처음으로 이틀을 쉬었다 가기로 하였다.

감사하게도 호세의 여자친구 가족이 부르고스 가이드를 해주어서 숨겨진 멋진 장소도 방문하고 맛있는 타파스 투어도 했다. 즐거운 2일간의 일탈을 마치고 우리는 산티아고에서 다시 만나기로 한 후 아쉬운 이별을 하였다. 아쉬움을 달래기 위해 우리는 아침 겸 점심까지 같이 먹고 헤어지니 평소보다 조금 늦은 시간인 11시가 넘어서야 출발하였다.

스페인의 뜨거운 태양을 피하려고 평소에는 오전 6시~7시 정도에 출발하는데 11시면 이미 해가 중천에 떠 있는 시간이었다. 특히 부르고스부터 레온까지 약 200km 구간은 메세타 구간이라고 하여 산과 숲이 거의 없는 들판 구간이 펼쳐진다. 흔히 산티아고 순례길 하면 끝없이 펼쳐진 길의 모습을 떠올리는데 그곳이 바로 이 메세타 구간이다.

그동안 함께 걷던 친구들도 없고 늦은 시간에 나 홀로 걷다 보니 다시금 잠시 잊혔던 조급함이 들기 시작했다. '너무 늦으면 어떻게 하지?' '빨리 가야 하지 않을까?' '알베르게에 자리가 없으면 어떻게 하지?' 이런 생각이 들면서 자연스레 발걸음이 빨라지기 시작하였다. 그런데 한참을 가도 노란 화살표와 조가비 표식이 보이지 않았다. 그 구간을 걷는 순례자도 존재하지 않았다. 마을도 없고 동네 주민도 없었다. 그저 양쪽에 황금빛 들판만 펼쳐져 있을 뿐이었다.

나는 40분 넘게 표식을 발견하지 못하고 그제야 길을 잃었음을 알아챘다. 그동안 한 번도 길을 잃은 적이 없고 표식도 워낙 잘 되어 있어서 길을 잘못 들기도 쉽지 않은데 조급한 마음에 앞만 보고 빨리 걷다가 어디선가 표식을 놓친 것이 분명하였다. 결국, 온 길로 다시 돌아가면서 주위를 뱅뱅 돌았다.

평소대로면 한 시간에 약 4km 정도를 걷는데 2시간 30분 동안 5km 정도밖에 못 온 듯하였다. 기온은 40도까지 올라갔고, 나는 한순간의 조급함으로 뜨거운 태양을 바라보며 언제 마을에 도착할지 모른 채 낯선 곳에서 홀로 외롭고 힘겨운 시간을 견디었다. 처음으로 포기하고 싶은 생각이 들며 눈물이 날 것만 같은 것을 억지로 참아냈다. 동시에 살면서 얼마나 이 조급함 때문에 쉽게 결정하고 쉽게 포기하였는지 떠올렸다.

내가 놓치고 있던 중요한 한 가지

작심삼일(결심한 마음이 사흘을 가지 못하고 느슨하게 풀어짐). 살면서 매년 새해가 되면 멋진 다짐과 계획을 세우고 3일 만에 끝나지 않았는가. '올해는 꼭 매일 운동해야지.' '올해는 매일 아침 일찍 일어나야지.' '올해는 꼭 멋진 프로젝트를 성공시켜야지.' 이렇게 매년 혹은 매 순간 다짐하고 도전했지만, 그 끝을 보지 못하고 바람에 모래가 흩날리듯 사라진 것들이 많았다.

그나마 유일하게 꾸준히 하는 독서를 통해 성공한 분들의 이야기를 보니 한 가지 공통점이 있었다. 그것은 바로 '무엇인가를 꾸준히 지속하는 힘'이었다. 남들이 보기에는 한순간에 성공한 것처럼 보이지만 그 과정 속에는 수많은 시행착오와 꾸준함이 깃들어 있었다. 배달의민족 창업자 김봉진 대표님은 '배달의민족' 창업 전 네이버 오픈캐스트에 디자인에 관련된 사이트나 콘텐츠를 매일같이 2년 동안 지속적으로 올리며, 배달의민족 아이디어를 처음 생각했다고 했다.

'나는 왜 그들처럼 지속하지 못하는 것일까?'

'꾸준함은 왜 이렇게 어려운 단어로 자리 잡은 것일까?'

곰곰이 생각해보니 그 이면에 '조급함'이라는 무서운 녀석이 숨어 있었던 것이다. 우리는 매우 빠르게 변화하는 시대를 살고 있다. 그리고 그 변화에 발맞추어 유의미한 성과를 바란다. 내가 들인 노력의 성과를 기대하지만 실상 그 성과는 그렇게 유의미하거나 대단하지 않았다. 그러면 보상심리가 들면서 '이거 해서 도움이 될까?', '과연 효과가 있을까?'라는 생각이 들며, 뇌에서는 좀 더 편한 쪽으로 지시를 내린다.

하지만 나는 중요한 한 가지를 놓치고 있다. 그것은 바로 '시간'이었다. 산티아고 순례길도 내가 아무리 빨리 가려고 해도 산티아고 데 콤포스텔라까지 도착하기에는 시간이 필요하였다. 그 시간을 투자하여 매일매일 걸어야만 했다. 나는 시간을 투자하지 않고 '노력'만 생각하여 금세 판단하고 말았었다. '지속함'과 '조급함'이라는 단어의 중심에는 '시간'이 있었다. 이 시간을 견디고 노력하면 '지속함'이 되고, 이 시간을 견디지 못하고 노력하면 '조급함'이 된다.

뜨거운 태양을 견디며 걷다 보니 드디어 작은 마을이 나타났다. 그리고 운이 좋게 그곳에는 할머니께서 운영하시는 작은 알베르게가 있었다. 늦은 시간에 지쳐 들어온 내게 오스피탈레로(알베르게 운영자 또는 봉사자) 할머니는 고생했다며 시원한 음료수를 가져다주었다. 그리고 그날의 알베르게에는 그동안의 공립 알베르게와 다른 따뜻함이 묻어 있었다.

산티아고 순례길은 느리게 사는 사람들의 공간이다. 빠르게 돌아가는 한국사회 속에서 느림은 패배를 의미하였다. 하지만 이곳은 조금 느리게 살아도 괜찮다는 것을 보여준다. 원했던 마을까지는 가지 못했지만 조급함을 내려놓고 쉬려고 하니 예상치 못한 위로를 받을 수 있었다.

네 번째 순례길을 걸어보니 이제는 다른 순례자들보다 조금 느려도 천천히 여유를 부려도 조급함이 들지 않았다. 경쟁심이 들지 않았다. 멋진 풍경을 바라보며 멍하니 잠시 서 있기도 하고 카페에 앉아 여유롭게 지나가는 순례자들에게 인사하며 커피를 한잔 마시기도 하였다. 오히려 그 여유 속에서 나는 자신과 길에 더욱 집중하며 순례길이 주는 많은 것을 오감으로 느낄 수 있었다.

길 위의 깨달음

처음 산티아고 순례길을 걷기 시작한 날부터 20여 일 동안, 많은 일을 겪고 많은 것을 느끼면서 조금씩 어떤 답이 보이는 듯하였지만, 나는 여전히 처음 이곳에 왔던 근본적인 질문에 대한 답을 얻지 못하고 있었다.

'나는 이곳에서 무엇을 찾기 위해 걷고 있는 것일까?'
'내가 태어난 이유는 무엇이었을까?'
'나는 어떤 삶을 살아야 할까?'

사실 길을 걷다 보면 이러한 질문은 머릿속에서 쉬이 사라지게 된다. 그저 '오늘은 어디서 잘 것인가?', '오늘 저녁은 무엇을 먹을 것인가?', '발바닥이 뜨겁고 쉬고 싶다' 이런 생각들이 머릿속을 지배하며 삶의 철학 같은 질문은 저 멀리 길바닥에 흘려버리기 때문에 나는 나의 질문을 잃지 않기 위해 계속 질문들을 되뇌었다.

순례길을 600km 정도 걷고 칸타브리아산맥의 오세브레이로(O Cebreiro)를 넘어가면서 내 무릎은 고장 나기 시작했다. 하지만 나는 이 길을 30일 이내에 다 걷겠다는 일념으로 하루에 진통제를 3알씩 먹으면서 걸었다. 진통제를 먹으면 거짓말같이 통증이 사라졌다가도 시간이 지나면 또 한 걸음도 내딛기 힘들 정도로 통증이 전해졌다. 이 정도면 쉬어야 하는데도 나 자신에게 지는 것 같아서 어리석게 쉬지도 않고 약에 의존하여 계속 걸었다.

나는 이곳에 온 의미를 떠나 나 자신과 싸움을 하고 있었다. 그렇게 힘겹게 언덕을 오르던 어느 날, 정오가 지나 이글거리는 태양 아래 이마에서 흐르는 땀은 내 눈을 적시며 흘렀고, 나는 포기하고 싶은 마음과 포기할 수 없는 마음이 매 분 매 초 들어서 흔들리고 있었다.

언덕을 3분의 2 지점 정도 올랐을 때 도저히 다음 걸음을 내디딜 수가 없어 잠시 멈춰 섰다. 그리고 더 올라야 할 거리를 확인하고 얼마나 올라왔는지 보기 위해 뒤를 돌아보았다. 그 순간 내 눈앞에는 나와 같이 이마에서 땀을 뚝뚝 흘리며 힘겹게 올라오는 수많은 순례자가 보였다. 나이 드신 할머니 순례자, 자전거를 타고 힘겹게 페달을 한 바퀴씩 돌리며 올라오는 순례자, 청바지에 워커를 신고 악기를 짊어진 순례자…. 언덕 저 아래에서부터 수많은 순례자가 모두 한 걸음씩 자신의 발걸음을 내디디고 있었다.

나는 순간 눈물이 터질 것만 같았다. 가슴 깊은 곳에서 그동안 수없이 던졌던 질문에 답을 주는 듯하였다. 그 순간 길 위에서 한 번도 느껴보지 못했던 가슴 벅찬 희열이 터져 나왔다.

'아 그렇구나! 나도 저런 모습으로 걷고 있었구나.'

그전까지 내가 스스로 던졌던 존재 이유와 삶의 가치에 대한 질문을 나만 하는 것이 아니라고 느껴졌다. 힘겹게 이 길을 걷는, 이 언덕을 오르는 저들도 나와 똑같은 고민을 하고 있다는 것을 깨닫고 나니 내 고민과 질문이 더는 특별하지 않게 느껴졌다.

우리의 삶도 이와 다르지 않다. 우리는 매일 삶의 언덕을 힘겹게 오르며 자신만의 답을 찾기 위해 힘겹게 길을 걷듯 살아가고 있다. 태어나 삶을 시작하고 살아간다는 것 자체는 어쩌면 자신의 존재 이유를 찾고 증명하기 위한 과정임을.

나는 멍하니 언덕을 올라오는 순례자들을 그저 바라보고 있었다. 시간이 멈춘 듯이 느껴졌다. 그리고 어느 순례자가 내게 땀범벅이 된 얼굴로 방긋 웃으며 "부엔 카미노"를 던졌을 때 나는 현실로 돌아왔다. 이 작은 대답을 들을 수 있어서 기뻤다. 점점 산티아고 데 콤포스텔라에 가까워지면서, 800km로 시작한 거리가 100km로 줄었음에도 나는 답을 찾지 못할까 봐 사실 조급하고 두려웠다. 그 뒤로 나의 발걸음은 조금 더 가벼워졌다. 그리고 가벼워진 발걸음처럼 내 질문들도 더는 무겁지 않았다. 지금 답을 찾지 못한다 하더라도 문제 될 것이 없었다. 대신 나는 한 가지를 더 알게 되었다.

내가 이러한 깨달음을 얻게 된 것은 내가 내 두 발로 걸었고,

질문을 던졌고, 답을 찾기 위해 800km를 걸으며 믿고 노력했기 때문이다.

삶에도 믿음이 필요하다

종교만 믿음이 필요한 것이 아니었다. 산티아고 순례길도 삶도 믿음이 필요하였다. 걷다 보면 도착할 것이라는 믿음, 표지가 나를 안내하고 있다는 믿음, 이 길을 걸으며 무언가를 느끼고 찾을 거라는 믿음, 내 기도가 분명 도움이 될 거라는 믿음으로 이 길을 힘겹게 걸어왔다.

우리의 삶도 이 믿음이 바탕이 되어 살아가고 있었다. 매일 열심히 최선을 다해 살아가면 우리의 삶이 더 좋아질 거라는 믿음, 내가 더 성장할 것이라는 믿음, 더 행복해질 것이라는 믿음, 우리 아이들이 더 나은 삶을 살아갈 것이라는 믿음이 바탕이 되어 삶을 지탱하고 나아갈 수 있게 해준 것이다.

빠르게 갈 수 있는 것을 느리게 가고, 쉽게 얻을 수 있는 것을 어렵게 얻는 행위는 사회적으로 보았을 때 어리석은 것들이다. 하지만 이 길을 차를 타고 빠르게 지나갔더라면 나는 그 안에서 '희열'과 '감동'은 보지 못했을 것이다. 더 쉬운 길도 있었지만 그럼 더 소중한 것을 느끼지 못했을지도 모른다.

이 순간의 깨달음은 지금까지도 내 삶의 방향을 설정하게 해주었다.

우리의 삶도 이와 다르지 않다.
우리는 매일 삶의 언덕을 힘겹게
오르며 자신만의 답을 찾기 위해
힘겹게 길을 걷듯 살아가고 있다.
태어나 삶을 시작하고 살아간다는
것 자체는 어쩌면 자신의 존재
이유를 찾고 증명하기 위한
과정임을.

산티아고
순례길을 걷듯 사는

산티아고
라이프스타일

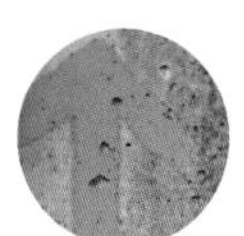

스페인의 유명한 말 중에 이런 말이 있다.

"Sin prisa pero Sin pausa."

천천히 가되 멈추지 마라. 산티아고 순례길을 걷는 중 가장 공감되는 말이고, 나는 이 말을 '하루를 살자'로 해석하여 삶의 좌우명과 같이 살고 있다. '하루를 살자'는 주위 상황을 고려하지 않고 오늘 하루에 모든 것을 다 쏟아붓는 것이 아닌 오늘 하루도 어제보다 한 걸음 더 나아갈 수 있게 최선을 다하자는 뜻이다.

많은 순례자가 산티아고 순례길을 걷고 와서 비움과 채움, 소소한 행복을 느끼는 감정, 나의 속도로 나아가는 방법 등을 알게 되지만, 빠르게 변해가는 삶에 적응하는 과정에서 잊어버린다. 조금 여유가 되는 사람들은 깨달은 것을 잊을 때쯤 다시 산티아고 순례길로 떠난다. 나 역시 같은 이유로 다시 그 길을 찾고는 했다. 하지만 살면서 매번 머나먼 스페인의 산티아고까지 한 달 이상의 시간을 들여 걷기는 쉽지 않다. 그래서 나는 산티아고 순례길을 가지 못하더라도 그곳에서 얻는 깨달음을 삶에 적용하며 살기로, 그동안의 경험과 시행착오를 통해 내가 원하는 방향과 내 속도로 나답게 행복하게 살아가기로 결심했다. 산티아고 순례길을 걷듯이 하루를 즐겁고 행복하게 살아가는 것. 나는 그러한 삶의 방식을 '산티아고 라이프스타일'이라고 정의했다.

산티아고 라이프스타일의 중심은 '나'에게 있다. 내가 결정하는, 나답게 행복하게 사는 법이 바로 산티아고 라이프스타일이다. 기존의 라이프스타일 중 하나였던 오늘만 사는 YOLO 라이프스타일이나 조기 은퇴를 꿈꾸는 FIRE 라이프스타일 역시 '나'를 중심으로 한 라이프스타일로 볼 수 있다. 내가 정의하는 산티아고 라이프스타일과 차이가 있다면 나의 가치 실현의 목적지인 '콤포스텔라'가 있는가와 없는가 그리고 그 콤포스텔라로 향해 나아가는 과정의 삶에 집중하여 살아가는 것이다.

산티아고 라이프스타일에는 몇 가지 중요한 키워드들이 있다. 첫째, 바로 '나' 자신이다. 산티아고 순례길의 가장 궁극적인 깨달음은 나를 발견하는 과정이다. 다른 사람을 위해 페르소나로 감추어진 내가 아닌 내 안에 숨겨져 있는 진정한 나를 알아갈 수 있는 시간이 필요하다. 이는 목적지를 향해 나아갈 때 내 위치를 정확히 알기 위해 가장 먼저 우선시 되어야 할 사항이다. 내가 누구인지, 내가 무엇을 좋아하는지, 내가 어떤 삶의 가치를 꿈꾸는지를 알아야 한다.

둘째, '목적'이다. 나를 알게 되었다면 내가 궁극적으로 추구하는 삶의 가치 실현을 위한 목적지를 설정해야 한다. 이는 '자아실현 욕구'를 성취하는 우리 삶의 궁극적인 의미이기도 하다. 이것을 나는 산티아고 순례길의 목적지인 산티아고 데 콤포스텔라를 줄여서 콤포스텔라(Compostela)*로 표현하고자 한다.

셋째, '방향'이다. '나'와 '콤포스텔라'가 설정되었다면 자연스레 내가 나아가야 할 방향이 설정되게 된다. 이 방향이 바로 '노란 화살표'다. 산티아고 순례길은 노란 화살표로 표시가 되어 있기에 순례자는 길을 잃지 않고 이 화살표를 따라가게 된다. 우리의 삶에도 자신만의 노란 화살표가 있다면 길을 잃지 않고 나아갈 수 있을 것이다.

넷째, 자신만의 '속도'다. 나만의 속도를 알고 꾸준히 나아가는 것이 중요하다. 자신만의 속도를 알지 못한다면 무리해서 지쳐 포기하게 되거나 주저앉게 될 것이다. 마라톤에서도 자신만의 페이스가 중요하듯 삶에도 자신만의 페이스가 필요하다.

다섯째, 모든 과정 속의 '행복'이다. 목적지를 향해 나아가는 과정에서 이 행복을 느끼고 잃지 않도록 균형을 잘 잡아야 한다. 이 행복은 개인에 따라 차이가 있지만, 기본적으로 긍정적인 마음, 감사하는 마음, 기본적인 생존에 필요한 경제력과 능력 그리고

---

* 스페인어로 별들의 들판. 'Campo(들판)+Estrella(별)'의 합성어로, 라틴어 'Campus Stellae'에서 유래된 용어이며, 순례자 증서 역시 콤포스텔라(Compostela)라고 부른다.

함께하는 좋은 사람이 있을 때 느낄 수 있었다.

이렇게 몇 가지의 키워드를 정하고 나면 나의 삶을 산티아고 순례길을 걷듯이 살아갈 수 있다. 산티아고 순례길에서 아침에 일어나 오늘 몇 킬로를 걸을 건지, 어느 마을까지 갈 건지를 정하고 아침 새벽 공기를 마시며 하루를 시작하듯 나의 하루도 내가 설정한 방향에 맞게 그려본다.

왜 우리는 늘 행복하지 않은 것일까? 행복한 사람들은 어떻게 행복한 것일까? 산티아고 순례길은 힘든 여정임에도 왜 사람들은 계속 그 길을 걷는 것일까? 우리가 행복하지 않은 이유는 아마도 내가 가진 것의 부족함보다는 스스로 만족하지 못해서일지도 모른다. 산티아고 순례길이 힘든 여정임에도 불구하고 행복한 이유는 그곳에서는 자신이 힘들게 걷고 난 후 오늘도 힘듦과 아픔 속에 잘 이겨낸 성취감을 통해 자신에 대한 만족을 느끼기 때문일 것이다. 그리고 길을 걸으면서 나도 몰랐던 나를 발견할 수 있기 때문인지도 모르겠다.

행복하기 위해서는 먼저 행복함을 맛보아야 하고 그 맛을 느끼는 방법을 알아야 한다. 순간의 행복을 느낄 수 있도록 훈련하고 자신의 라이프스타일을 나로부터 시작하는 행복함을 자주 느낄 수 있는 상태로 조금씩 만들어가야 한다. 이런 산티아고 라이프스타일을 통해 살아간다면 분명 이전보다 행복하게 살아갈 수 있으리라 생각한다. 나답게 오늘의 행복에 집중해 살아가는 삶, 나는 이런 삶을 원한다.

그래서 나는 산티아고 순례길을 가지 못하더라도 그곳에서 얻는 깨달음을 삶에 적용하며 살기로, 그동안의 경험과 시행착오를 통해 내가 원하는 방향과 내 속도로 나답게 행복하게 살아가기로 결심했다. 산티아고 순례길을 걷듯이 하루를 즐겁고 행복하게 살아가는 것 나는 그러한 삶의 방식을 '산티아고 라이프스타일'이라고 정의했다.

CAMINO
=
LIFE!

3

삶에서 가장 중요한 건 바로 '나'다

산티아고 라이프스타일 법칙 1

_발견

가장 중요한 '나'를 발견하라

산티아고 라이프스타일의 목적은 나답게 행복하게 사는 삶이다. 그러기 위해서는 가장 먼저 '나'에 대해서 잘 알아야 한다. 행복지수가 높은 덴마크에서는 어릴 적부터 자기가 무엇을 좋아하는지 무엇을 잘하는지를 찾을 수 있도록 교육하며 자기표현을 중요시하고, 의무교육 기간인 9년이 지난 후에는 자신이 원하는 방향을 선택하여 배울 수 있도록 하고 있다.

덴마크 교육방식과는 반대로 우리나라는 초중고 12년 동안 주입식, 암기식 교육과 경쟁을 통해 개개인의 특성과 역량보다는 좋은 대학의 좋은 학과에 가는 것을 목표로 하다 보니 대부분 청소년기에 겪어야 할 자아 탐색 시간이 거의 없다. 그러다 보니 대학 이후에 성인이 되어서도 자신이 무엇을 좋아하고 무엇을 잘하는지를 잘 알지 못한다. 다행히도 최근에는 이러한 부분이 조금씩 변화하는 추세다. 이렇듯 우리가 나답게 살아가기 위해서는 나를 아는 것이 가장 중요하다. 어떻게 나를 알 수 있을까?

첫째, 많은 경험을 해보라.

'젊어서 고생은 사서도 한다'라는 말이 있듯이 무엇보다 많은 경험이 중요하다. 사람에 따라서는 혼자 일하는 것을 좋아하는 사람도 있고, 다른 사람과 함께 일하는 것을 좋아하는 사람도 있다. 머리를 쓰며 설계하고 계획을 세우는 것을 좋아하는 사람이 있고, 일단 몸으로 부딪혀보며 일하면서 답을 찾아가는 것을 좋아하는 사람도 있다.

아쉽게도 나는 이것을 20대 중반 이후부터 찾아가기 시작했다. 산티아고 순례길을 걷고, 여행을 통해 다른 나라의 문화를 접하면서 새로운 삶의 방식을 배웠다. 대기업에서 일해보기도 하고, 중소기업도 다녀봤으며, 창업도 해봤다.

이제는 원하면 무엇이든지 작게 시작해볼 수 있는 시대인 만큼 가능하다면 이러한 경험을 어릴 적부터 해보면 좋을 것 같다. 개발자가 되고 싶으면 여러 가지 클래스 프로그램을 통해 직접 코딩을 해볼 수도 있고, 사업을 하고 싶으면 인터넷으로 작게 스토어를 만들어서 물건을 제작하거나 좋은 물건을 찾아보고 판매해볼 수도 있다. 여러 가지 다양한 시간제 일자리를 통해 일을 경험해볼 수도 있고, SNS를 통해 유명인이나 기업인에게도 연락해보거나 만나볼 수도 있다. 이렇게 다양한 경험을 통해 내가 좋아하는 것을 알고 나를 알아가보자.

둘째, 어린 시절의 나를 떠올려보라.

우리는 사회적으로 성장하면서 여러 가지 페르소나를 갖게 되는데 이를 벗고 나를 알게 되는 방법은 어린 시절의 나를 돌아보는 것이다. 잠시 여유를 가지고 커피를 한잔하며 또는 산책하며 내 어린 시절을 되돌아보자. 그중에서 내가 가장 행복하고 나다웠던 추억을 꺼내보자.

나는 어릴 적 책과 영화를 통해 새로운 세계를 탐험하는 것을 좋아하였다. 사회과 부도를 펴고 세계여행을 하였고, 대항해시대라는 게임을 통해 세계여행을 며칠 밤을 새우면서 했었다. 또한, 부모님이 맞벌이를 하신 데다 형제 없이 혼자 자라면서 친구들을 소중하게 생각했다. 친구들과 함께하고 친구들에게 내가 작은 도움이 되는 것을 좋아했었다. 그런 이유로 친구들과 함께 여행을 떠나는 시간이 가장 행복한 시간이었다. 나는 성인이 된 다음에도 누군가와 함께하는 것을 좋아하고 누군가에게 도움이 될 때 행복을 느꼈다. 나는 어릴 적 어떤 아이였는지 가만히 떠올리며 추억여행을 떠나보자.

셋째, 성격 테스트를 통해 나를 알아보라.

요즘 유행하고 있는 여러 가지 성격 테스트 또한 나를 알아보기에 참고하기 좋은 도구다. 테스트는 MBTI, DISC, 에니어그램 등이 있다. MBTI와 DISC의 경우 상황과 환경에 따라 변할 수 있지만, 에니어그램은 타고난 자신의 성향을 알아보는 데 좋다.

MBTI는 총 4가지의 주제를 각각 두 가지 스타일로 나누어서 설명한다. E(외향적)와 I(내향적), S(감각적)와 N(직관적), T(사고적)와

F(감정적), P(인식적)와 J(판단적) 이 8가지 상태를 조합하여 총 256가지의 유형으로 나의 성격을 분석해볼 수 있다.

DISC는 D(주도형), I(사교형), S(안정형), C(신중형) 이 4가지 유형으로만 분석하여 MBTI보다 조금 더 간단하게 할 수 있다. 그래서 자신의 현재 상황이나 환경, 하는 일에 대한 만족 등에 따라 매번 다른 결과가 도출될 수 있다.

에니어그램은 사람의 유형을 9가지로 나누고 그 9가지 유형을 서로 연계하여 상쇄하거나 보완하는 주변 사람과의 관계까지 알아볼 수 있다. 9가지 유형은 개혁가, 조력자, 성취자, 예술가, 사색가, 충성가, 낙천가, 지도자, 중재자로 되어 있다.

3가지 테스트를 모두 해본 경험으로는 MBTI와 DISC는 조금 더 현재 상황이나 경험에 의해 이루어지는 성격에 가깝다면 에니어그램은 본래 지닌 자신의 잠재적 형태인 성향에 더 가깝다고 느껴졌다.

이러한 방법으로 나를 다시 발견하기 위해 2박 3일 정도 홀로 여행을 떠나 페르소나에 감춰져 있던 날것 그대로의 나를 마주해보자. 평소보다 조금 더 느리게 하루를 보내면서 여유 있게 나를 마주해보자. 오랜 시간 걸어도 좋고 한적한 시골을 가서 동네를 돌아보다 커피 한잔을 해도 좋다.

낯선 곳에 나를 떨어트려 놓고 이전의 나를 단절한 채 시간을 흘려보내보자. 휴대폰의 전원을 꺼놓고 나를 고독으로 감싸 안아보자. 그 안에서 다시 한번 나를 마주하였을 때 그 모습을 마음속에 그려보자. 당신은 어떤 모습을 하고 있는가?

선택의 기로에서

결정의 주체 되기

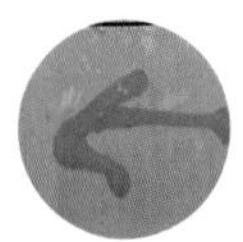

산티아고 순례길을 걷다 보면 하나의 길을 가면서도 산길과 도로길이 나누어져 우리는 그중 하나를 선택하여 걷게 된다. 어떤 길을 선택해서 걸어도 가지 못한 길은 늘 아쉬움이 남고 궁금하다. 이런 선택의 순간을 마주하며 지나온 내 삶의 선택들도 돌아보게 된다.

산티아고 순례길의 마지막 종착지인 산티아고 데 콤포스텔라를 5km 앞둔 지점에 500명 수용 가능한 엄청난 규모의 몬테 도 고조(Monte do gozo)라는 알베르게를 리조트처럼 만들어놓았다. 콤포스텔라에 순례자를 다 수용할 수 없기에 만들어놓은 곳인 듯하다. 본래 공립 알베르게의 경우 건강이 좋지 않거나 특수한 상황을 제외하고는 계속 머무는 것이 불가능하지만, 이곳 몬테 도 고조는 청소 시간에만 잠시 자리를 비워주면 제한 없이 숙박할 수 있다. 당시 하루 6유로로 머물 수 있으니 그 어느 곳보다 저렴하며 시설도 나쁘지 않았다.

나도 콤포스텔라에 도착하기 하루 전 이곳에서 머무르기로 했다. 그리고 그곳에서 이제 막 20살이 된 듯한 한국인 순례자 K를 만났다. 그는 낮에 콤포스텔라를 둘러보고 밤에 이곳으로 돌아오는 듯했다. 순례자 K는 해가 뉘엿뉘엿 지기 시작하는 저녁 8시가 되자 와인을 몇 병 사서 잔디에 앉아 외국 순례자들과 와인을 마시기 시작했다. 그 모습이 꽤 자연스러워 보이는 게 처음은 아닌 듯했다. 당시에는 한국인 순례자가 많지 않아서 반가운 마음에 나도 살짝 가서 인사했다.

순례자 K는 몬테 도 고조에 2주 동안 머물고 있으며 너무 행복하다고 했다. 왜 이곳에서 2주나 머물고 있냐고 물으니 돌아가는 항공권 일자가 많이 남아 이곳에서 머물고 있다며, 생장피에드포드에서 일주일 정도만 걷고 이곳까지 버스를 타고 왔다고 했다. 혹시 다쳤냐는 물음엔 아주 건강하다고 답했다.

그는 순례길을 걷기 시작하고 며칠 지나지 않아 50대 한국인 순례자를 만나서 같이 걷다가 저녁에 와인을 한잔했는데 50대 순례자는 그에게 왜 20대 젊은 청춘이 이곳까지 와서 힘든 여정을 하고 있느냐고 물었고, 만약 자기가 20대 젊은 청춘이었다면 유럽까지 온 비용으로 동남아에 가서 실컷 술을 마시고 유흥을 즐기면서 놀았을 거라고 했단다. 순례자 K는 그 말을 듣자마자 더 이상 힘들게 걷고 싶지 않아져서 다음 날 이곳까지 버스를 타고 왔고, 매일 와인과 맥주를 마시며 나름대로 유흥을 즐기고 있다고 했다.

나는 산티아고 순례길을 걸으며 나에 대해 조금 더 알게 되고 삶을 살아가는 방향과 가치에 대한 많은 것을 새롭게 깨닫는 중이었기에 그의 이야기를 들으면서 안타까운 마음이 들었다. 이곳까지 오게 한 K의 용기와 희망을 한순간에 무너트린 것은 무엇일까? 그는 어떤 마음으로 여기 왔기에 전혀 모르는 타인의 말 한마디에 순례길 걷기를 포기해버렸을까?

어쩌면 그는 불안했을지도 모른다는 생각이 들었다. 만약 힘들게 이 길을 다 걸었는데 그 남자의 말처럼 아무것도 얻는 게 없으면 어떻게 하지? 그리고 그 길을 걷는 내내 왜 이 먼 곳까지 와서 자신의 청춘을 힘들게 보내고 있을까 되뇔 것이 두려웠을지도 모르겠다. 그는 불확실한 두려움과 불안으로부터 도망가고 싶었고, 확실한 선택을 함으로써 마음의 안정을 느끼려 했을지도 모르겠다.

그를 보면서 그의 상황이 나와 별반 다르지 않다는 걸 깨달았다. 나 역시 불확실성과 불안을 피해 이 길을 걷고 있었기 때문이다. 그리고 나에겐 내가 그동안 살아오면서 했던 수많은 선택은 과연 내가 진심으로 원했던 선택이었을까 하는 질문을 던졌다.

얼마나 오랫동안 타인에게 내 선택을 맡겨왔는가?

직간접적으로 누군가의 말 한마디 때문에 깊게 고민하지 않고, 또는 당장 힘든 상황을 벗어나기 위해 손쉽게 포기하고 선택했던 일들이 얼마나 많았을까? 돌이켜 생각해보니 나는 사실 이과보다는 문과에 가고 싶었다. 하지만 당시 남자들은 으레 이과에 가야 한다는 무언의 법칙이 있었고, 게다가 당시 1997년 외환위기로 인해 많은 실직자가 생겨나 부모님 역시 남자는 이과에 가서 기술을 배워야 먹고 살 수 있다고 하셨다. 문과는 공부를 잘하지 못하면 먹고살기가 어렵다고 하셨는데 나는 공부를 썩 잘하지 못하였기에 더 반박할 수가 없었다.

내가 가고 싶던 진로를 쉽게 포기해버린 나는 그 순간의 선택으로 인해 그 후 14년 동안 이과-공대-통신병과-연구원의 길을 걸었다. 그리고 그 과정은 늘 힘겹고 지루했으며 행복하지 않았다.

어쩌면 우리 대부분은 순례자 K와 같은 선택을 하고 있었는지도 모르겠다. 그 길을 걷지 않은 사람의 조언을 들으면서 불확실한 미래의 두려움을 피하고자 시작해보기도 전에 이미 포기하게 된다. 그리고 자신이 하고 싶은 일은 지금이 아닌 미래의 언제로 남겨두게 된다.

삼성에 입사하여 신입사원 동기들과 이야기를 나눴을 때, 대부분은 삼성에 입사하기를 엄청나게 열망하였고 혼신의 노력과 인고 끝에 입사하였다. 하지만 삼성에서 자신이 가진 모든 능력을 활용하여 삶의 가치를 실현하고자 하는 사람은 나를 포함하여 거의 없었다. 다들 정말로 하고 싶은 일은 가슴속에 담아둔 채 사회적 성공을 위해 이곳에 온 것이었다. 빵을 좋아하여 빵집을 하고 싶었던 친구, 아나운서가 꿈이었는데 삼성에 온 친구도 있었다.

그리고 나처럼 무엇을 해야 할지 몰라서 주변의 조언으로 결정

AVISO

하며 그저 열심히 하면서 온 친구도 있었다. 정말 이 일이 좋아서, 삼성에서 자신의 가치를 실현하고 꿈을 펼치기 위해 온 사람은 20%도 채 안 되어 보였다. 그리고 다른 꿈을 가슴속에 품고 있는 동기들은 늘 회사 생활을 힘겹게 해나가고 있었다.

어려서부터 우리는 하고 싶은 일을 하려고 할 때 수많은 '안 돼'의 장벽에 부딪힌다. 사회적으로 보았을 때 보기 좋은, 안정적인, 좋은 직장에 들어갈 수 있는 형태의 길로 수많은 조언자가 나를 인도하고, 미래가 불확실한 가치 있는 도전은 해피엔딩보다 새드엔딩이 될 확률을 강조하며 그 길을 걸어보지 않은 사람들이 내 삶을 결정하고는 한다.

내가 산티아고 순례길을 걸으러 간다고 했을 때도 내 주변의 모든 사람은 힘들게 그 길을 왜 걷느냐고 했다. 편히 휴양지에 가서 쉬고 오라고 했다. 그들은 또 내가 하려는 결정에 개입하여 불확실한 미래보다는 안정적인 미래를 선택하게 유도했다. 분명 휴양지에 갔더라면 더 편히 쉬고 행복한 시간을 보냈을지도 모르겠다. 하지만 그곳에서 돌아오면 나는 아무것도 바뀌지 않았을 것이고 또다시 휴양지의 달콤함만 맛볼 날을 기대했을 것이다.

이 길을 걷고 순례자 K를 만나 깨닫게 되었다. 아마 이 길을 직접 걷지 않았더라면 나는 알지 못했을 것이다. 그동안 결정의 주체가 내가 아니었던 것을 말이다.

the pilgrim

낯선 관계에서

나 관찰하기

산티아고 순례길에는 치유의 힘이 있다. 순례자들은 이 길을 걸으며 치유를 받고 위로를 받는다. 그중에서 가장 큰 힘이 되는 건 이곳에서 만나 함께 걷는 순례자들이다. 전 세계 각지에서 매년 수십만 명의 순례자들이 이곳 산티아고 순례길을 찾는데, 모두의 동기는 제각각이지만 목적은 크게 다르지 않다. 누군가를 위한 기도, 나를 찾기 위한 여정, 용서와 희망을 위한 시간 등 살면서 지치고 힘들었던 것들을 내려놓고 다시 사랑하기 위함이다. 그래서인지 순례자들은 통하는 것들이 있다. 매일 무거운 배낭을 메고 발에 물집이 잡히며 걷는 힘듦 속에서 서로를 챙겨주고 걱정해주고 도움을 준다.

처음 산티아고 순례길을 걸으며 피레네산맥을 넘어 산 정상에 가까워졌을 때, 나는 준비해간 샌드위치를 스페인 순례자 두 명과 나누며 인사했다. 그렇게 처음 다니엘과 호세를 만났다. 다니엘은 피레네산맥을 넘느라 무릎이 안 좋다 했고, 나는 준비해간 소염진통제를 발라주며 마사지해주었다. 성격이 좋았던 다니엘은 바르자마자 아픈 것이 사라졌다면서 내게 연신 고맙다고 했다.

그 후 도착한 수비리(Zubiri)는 작은 마을이었고, 나는 스페인어도 영어도 못 했기에 아무것도 먹지 못한 채 굶고 있었다. 겨우 찾은 작은 상점에는 스페인 식재료뿐이라 내가 해 먹을 수 있는 것이 없었다. 결국, 나는 초코바 하나와 음료수만 사 가지고 알베르게로 돌아왔다.

배가 너무 고팠다. 주방이 시끌벅적하여 보니 외국 친구들 몇몇이 요리하려고 분주하게 준비하고 있었다. 그러던 중 다니엘이 나타나 내게 저녁을 먹었냐고 물으며 안 먹었으면 함께 먹자고 하였다. 거의 못 알아듣던 영어였지만 나는 속으로 너무 기뻐서 환호성을 지르며 그를 따라갔다. 그리고 그 식사가 인연이 되어 우리는 둘도 없는 친구가 되었다.

다니엘과 호세 그리고 나는 매일같이 함께 저녁을 해 먹고 낮에는 함께 걸었다. 다니엘은 학교 선생님이어서 영어를 조금 할 수 있었고, 호세는 스페인어밖에 할 수 없었다. 당시 스마트폰도 없었던 시대라 영어 단어와 보디랭귀지 정도로 소통할 수밖에 없었다. 그런데도 우리는 대화가 통하고 점점 더 가까워졌다. 당시 스페인은 아직 한국 여행객들이 많이 찾지 않던 때라 한국이 낯설었을 텐데, 그들은 한국에 관심도 많았고 여러 한국 영화를 인상 깊게 보았다고 했다.

며칠 동안 함께 걷던 어느 날, 컨디션이 좋지 않아 알베르게에 도착해 씻고 바로 침대에 누워 쉬며 잠시 낮잠이 들었는데, 저녁 먹을 시간 즈음 다니엘과 호세가 나를 깨웠다. 저녁을 준비했다며 얼른 오라는 그들을 따라 주방에 가보니 흰 쌀밥과 요리가 준비되어 있었다. 한국인은 밥을 먹어야 힘을 낸다며 밥을 준비해서 토마토와 고기와 채소를 섞은 소스를 얹어주었다. 더 놀라운 건 순대와 맛도 모양도 똑같은 요리를 준비해준 것이다. 모르씨야(morcilla)라는 요리였다. 스페인에서 순대를 먹을 줄이야. 흰쌀밥과 순대를 먹고 나니 컨디션이 회복되었고, 친구들에게 너무 감사했다. 며칠간 무더위에 걷느라 지쳤던 몸과 마음이 한순간에 녹아내리는 듯하였다.

다니엘, 호세와는 중간에 코스가 달라져 따로 가게 되었고, 그들은 내게 산티아고에 도착하면 일정이 어떻게 되느냐고 물으며 산티아고에 도착하면 자신의 집이 있는 말라가에 오라고 초대해주었다. 나는 마치 "언제 밥 한번 먹자"라는 것처럼 지나가는 이야기로 한 말이라고 생각했다.

한참 뒤 우리는 산티아고 데 콤포스텔라에서 재회했고, 먼저 도착한 다니엘과 호세는 매일 산티아고에서 내가 오기를 기다리며 대성당 광장으로 나왔다고 했다. 다시 만나 내게 건넨 그들의 첫 마디는 "승연! 수고했어~ 이제 우리 집에 가자"였다. 나는 마드리드 일정을 취소하고 말라가에 가서 다니엘과 호세의 환대 속에 그들의 가족들도 만나고 행복한 시간을 보냈다.

우리는 지금도 서로 연락하면서 내가 스페인에 갈 때마다 그들을 만나고 호세도 친구들과 함께 나를 만나러 한국까지 여행을 오는 등 10년이 지난 지금까지 여전히 가족으로 함께하고 있다. 이러한 이해 관계없이 순수한 만남과 경험은 여행만이 줄 수 있는 큰 삶의 깨달음이다.

천사들이 사람의 마음을 치유해주는 곳

아내와 함께 떠난 두 번째 산티아고 순례길을 걸을 때도 재밌고 감사한 에피소드가 있었다. 아내는 여행하며 신었던 등산화가 순례길을 걷기에는 맞지 않아 결국 발에 물집이 심하게 잡혔다. 아내의 발은 물집이 터지면서 감염이 되었는지 새끼발가락이 엄지발가락만큼 부어올라 있었다. 함께 걷던 한국인 요한 신부님과 일행들이 아내 배낭의 짐을 자신의 배낭으로 나누어 들어주었다. 순례길에서 종이 한 장도 더 덜어내고 싶은 것이 짐인데 다른 사람의 짐을 더 들어준다는 것은 상당한 용기와 배려가 아니면 쉽지 않은 행동이기에 우리는 감동했다.

버스를 타고 겨우 로그로뇨(Logrono)라는 마을에 도착했지만, 진료 가능한 병원을 찾기 어려웠다. 한참을 헤매던 우리는 결국 대성당 광장에 앉아서 어떻게 해야 할지 고민하고 있었는데 걸으면서 만났던 스페인 커플이 다가왔고, 아내의 상태가 좋아 보이지 않자 여성 순례자가 무슨 일이냐고 물으며 자신이 정신과 의사인데 도움을 주고 싶다고 했다. 그녀는 먼저 약국에 들러 진료 가능한 병원을 물어보고 우리는 함께 병원을 찾아 떠났다. 우리는 애써 괜찮다며 힘든데 우리 때문에 시간 뺏기지 않아도 된다고 만류하였지만, 그녀는 걱정하지 말고 자신만 따라오라고 했다. 병원까지 버스로 이동하면서 현지 주민도 도와주겠다며 동행해주었다.

그렇게 아내의 발 치료를 위해 스페인 커플, 스페인 커플과 함께 있던 브라질에서 온 순례자 아저씨, 동네 주민 2명, 그리고 우리 둘 총 7명이 병원으로 향했다. 우리는 이 상황은 뭐지 싶어 어리둥절하면서 미안하기도 하고 고맙기도 하는 등 여러 가지 복잡한 감정으로 약 30분 만에 병원에 도착하였다. 아내는 크게 다친 것도 아닌데 조금 민망해하며 덕분에 감사히 치료를 잘 받았다.

2시간 넘게 함께 해준 친구들에게 돌아와서 감사하다고 저녁을 사고 싶다고 말했다. 그들은 웃으면서 괜찮다며 얼른 낫고 다시 순례길을 잘 걸을 수 있기를 바란다고 했다. 그럼 맥주라도 한 잔 살 수 있게 해달라고 애원하며, 시원한 맥주 한잔과 함께 서로 웃으며 감사한 마음을 나누었다.

산티아고 순례길은 참 신비한 곳이다. 어떻게서든 하나라도 더 도와주고 더 나누려고 한다. 시골 마을의 할머니는 웃으시면서 힘내라고 손에 든 복숭아를 쥐여주시고, 카페에서는 처음 보는 내게 행운을 빈다며 커피를 사주기도 했다. 간혹 길을 잘못 가고 있으면 멀리서부터 소리치면서 달려와 그쪽이 아니라고 알려주기도 했고 알베르게의 오스피탈레로는 물집 잡힌 발을 치료해주고 마사지를 해주기도 했다.

순례자들끼리 걷다가 힘들면 자신이 가진 물과 간식을 나누기도 하고 자신의 가던 길을 멈추고 괜찮냐고 물어보기도 한다. 이러한 선의의 행동은 사람의 마음을 치유해주는 힘이 있다.

인간은 사회적 동물로, 호모사피엔스 시절부터 사냥하고 함께 행동하며 살아남았다. 나는 사회에서 살아남기 위해 지쳐 있었다. 자본주의 사회에서 살아남기 위해 수많은 이해관계 속에서 조금이라도 더 이익을 보기 위해 경쟁하고, 내 삶이 더 중요하기에 다른 이의 어려움을 모른 척하고, 어떻게든 내가 가진 지위를 높이고 재산을 늘리기 위해 견제하며 살아왔다. 그런 삶이 잘 사는 삶이라 생각했다. 하지만 나는 사회에서 살아남기 위한 생존을 위한 싸움이 아닌 사회 속에서 서로 배려하고 돕고 나눌 때 행복을 느끼는 사람이라는 것을 잊고 있었다.

사람들에게 상처받은 마음은 사람들로 인해 다시금 치유받았다. 그들은 어쩌면 천사의 모습으로 내게 다가온 것은 아닐까 하는 생각이 든다. 순례길은 혼자 왔지만 늘 누군가와 함께인 그런 마법의 장소다.

산티아고 순례길에서 만난 천사들 덕분에 문득 어릴 적 잊고 있던 그저 순수하게 친구들과 어울리며 좋은 것이 있으면 나누어 먹고, 재밌는 게 있으면 함께하고, 힘들면 같이 술 한잔하며 위로해주던 나의 모습이 다시 떠올랐다. 그렇게 나는 잊고 있던 '행복한 나'의 모습을 발견했다.

고요 속에서 내면의 나를 들여다보기

왜 우리는 스스로 무엇을 하고 싶은지 결정하지 못하는 것일까? 내가 진정으로 원하는 것을 찾기 어려운 이유는 사회 속에서 내가 다양한 모습으로 살아가고 있기 때문이다. 사회에서는 회사의 구성원으로서, 가정에서는 가장으로서, 부모님의 아들로서 또 내 아이의 아버지로서 내가 속한 환경에 맞추어 살아가기 위해 그 무대에 어울리는 가면을 쓰고 살아간다. 그 페르소나 때문에 나 역시 본질 그대로의 나를 대면하기가 쉽지 않다.

또한, 우리는 자신만의 에고(ego)를 가지고 살아간다. 에크하르트 톨레는《삶으로 다시 떠오르기》라는 책에서 에고는 "모든 상황에서 나를 말하고 싶어 하는 우리 안의 존재"라고 말하였다. 우리 안의 에고는 늘 소유하고 동일화하고 싶어 하며 비교를 먹고 산다고 했다. 그러기 위해 우리의 에고는 머릿속에서 끊임없이 우리에게 이야기를 속삭인다. 이러한 에고에 갇히게 되면 우리는 진정한 나를 잃고 끊임없이 무엇인가를 추구하며 살아가게 된다.

눈 덮인 피레네산맥을 함께 넘어서 걸어온 두 명의 순례자와 저녁을 먹으며 작별인사를 했다. 며칠 함께하지 않았지만 역시나 순례길은 함께한 시간과 살아온 공간을 초월하여 각별한 사이가 된다.

첫날 생장피에드포드에서 오후에 문을 연 순례자 사무소로 인해 늦게 출발해서 한 밤이 되어서야 발카를로스 알베르게에 도착하였다. 겨우 찾은 알베르게는 문이 굳게 닫혀 있었고, 다행히 아르헨티나에서 온 순례자가 언어가 통하는 덕분에 마을 주민의 도움을 받아 알베르게의 문을 열어 들어갈 수 있었다. 함께 온 순례자가 없었다면 첫날부터 추운 겨울에 밖에서 밤을 지새웠을지도 모른다.

이들과 며칠간 걸으며 친해지기 시작했는데 타인의 관계에 신경 쓰지 않고 내면의 나를 만나는 방법으로 다시 혼자가 되기로 했다. 세 번의 산티아고 순례길 동안 수많은 만남과 헤어짐이 있었지만 역시나 처음 길에서 만난 순례자들과는 더욱 아쉬움이 크다.

나는 버스를 타고 이동하여 산 페르민 축제로 유명한 팜플로나(Pamplona)까지 가서 다시 걷기로 했다. 팜플로나부터는 혼자 걸었다. 늘 혼자 이 길을 걸으러 왔지만 다른 순례자들과 함께 걷다 혼자가 되면 고독함과 외로움이 밀려온다. 여름에는 길을 걸으면서도 많은 순례자를 만나지만 겨울에는 확실히 순례자 수가 적다. 아침에 알베르게를 나서서 걸을 때 마주치는 순례자를 제외하면 길 위에서 마주치는 순례자는 많지 않았다.

이날은 평소보다도 조금 많이 걷기로 하였다. 평소 같으면 25km 정도를 걸어 도착하는 일정이나 이날은 40km 정도를 걷기로 했다. 에스테야(Estella)에서 출발하여 중간에 와인이 나오는 수도꼭지로 유명한 이라체 수도원에서 와인 한잔을 마시고 비아나(Viana)까지 걸어가기로 했다. 약 30km 지점에 산솔(San sol)이라는 마을을 지나는데 이곳은 아내와 함께 두 번째 순례길을 걸을 때 아내의 발에 염증이 생겨서 슬리퍼를 신고 하염없이 천천히 걸어 도착한 마을이었다.

힘겨운 길을 걸었던 길인 만큼 기억도 선명하였고 아내와 함께 걸었던 이 길을 다시 혼자 걸으니 4년 전 생각도 나면서 아내가 더 많이 생각났다. 다시 한번 혼자라는 생각이 들면서 문득 외로움이 느껴졌다. 중간에 산길로 들어서니 아무도 없는 길과 조금씩 어둑어둑해지는 하늘에 두려움마저 들었다. 세 번의 순례길을 걸었지만, 이토록 몇 시간 동안 홀로 길에 남겨진 적은 처음이었다.

내면의 나와 마주하기

나는 배낭 속에 있는 묵주를 꺼내 들고 묵주기도를 하면서 걸었다. 미리 페이스북으로 기도 신청을 받아 그들을 위해 기도하였다. 하늘나라로 떠난 친구들을 위해 기도하였고, 내 가족을 위해 기도하였다. 그리고 마지막으로 나를 위해 기도하였다.

주님, 제 가족이 아프지 않고 건강할 수 있게 지켜주소서.
주님, 제게 두려움을 이겨낼 용기를 주소서.
주님, 제가 올바른 판단을 할 수 있게 지혜를 주소서.
주님, 제가 넘어져도 다시 일어날 힘을 주소서.
주님, 제가 포기하지 않고 그 뜻에 따라 살아갈 수 있게 하소서.
주님, 제가 세상을 밝히는 데 작은 등불이 될 수 있게 하소서.

내 주변 사람들과 나를 위한 화살기도를 마치고 나니 두려움이 조금 사라지는 듯했다. 두려움이 사라지고 나니 고요함 속에 온전히 나에게 집중할 수 있었다. 고요한 고독 속에서 길을 걸으며 내가 진정으로 원하는 삶이 무엇인지 스스로 질문하였다. 내 머릿속은 해답을 찾기 위해 분주하게 신호를 주고받았지만, 아직 명확한 답이 나오지는 않았다.

해답이 나오지 않아 답답한 마음과 아직 남은 길의 지루함을 달래고 싶었지만 더 이상 할 것이 없었다. 떠오르는 생각도 없었다. 그저 입으로 묵주기도를 하며 성모송을 끝없이 읊조렸다.

은총이 가득하신 마리아님, 기뻐하소서.
주님께서 함께 계시니 여인 중에 복되시며
태중의 아들 예수님 또한 복되시나이다.
천주의 성모 마리아님, 이제 와 저희 죽을 때에
저희 죄인을 위하여 빌어주소서.

아멘.

성모송을 읊으며 계속해서 걷다 보니 점점 나는 깊고 고요한 내면 속으로 들어가기 시작했다. 나의 에고는 어느새 사라져 머릿속에서는 아무 소리도 들리지 않았다.

내면의 나를 마주하기 위해서는 철저하게 나에게 집중해야 했다. 하지만 우리는 살아가면서 진정한 나를 마주하기가 쉽지 않다. 아무것도 하지 않고 홀로 있더라도 나의 에고는 끊임없이 나에게 속삭이며 불안감과 초조함이 들게 하기 때문이다. 내면의 나를 마주하기 위해서는 마음이 평온한 상태가 되어야만 한다.

계속 걸음을 지속하고 성모송을 반복하며 읊조리는 묵주기도 속에서 나는 점점 더 내면 속으로 들어가기 시작했다. 그리고 얼마쯤 지났을까 내 마음 깊숙한 곳에서 해맑게 웃고 있는 아이의 미소와 가족의 모습이 보였다. 그 이후 계속 아이와 가족이 보고 싶은 생각이 머릿속을 가득 채웠다.

다른 모습과 생각은 전혀 떠오르지 않았다. 드디어 진정한 나와 마주하였다. 현재 내게 있어 가장 중요한 것은 가족인 것을 내면 깊은 곳에서 발견했다. 나의 에고가 끊임없이 중요하다고 말했던 것들은 모두 부수적인 것들이었다.

나는 그런 사람이었다. 사람을 좋아하고 가족을 무엇보다 소중하게 생각했지만, 살아가다 보니 내 앞에 마주하는 수많은 선택과 결정 속에 무엇이 더 중요한지 중심을 잃었던 것이었다. 이제 앞으로의 삶 속에 모든 결정은 가족을 우선으로 하기로 했다. 그렇게 내가 가장 소중하게 여기는 것을 발견하자 그동안 했던 수많은 고민이 하나씩 실타래를 풀어나가기 시작했다.

나는 진정으로 나를 마주하였기에 마음속에서 솟아오르는 행복과 희열을 느낄 수 있었다. 몰입의 상태에 들어섰다. 앞으로의 살아갈 방향을 찾기 위해 다시 찾은 세 번째 산티아고 순례길에서 또다시 내면의 목소리를 듣고 내 삶의 의미를 찾을 수 있었다.

얼마쯤 지났을까 내 마음 깊숙한 곳에서 해맑게 웃고 있는 아이의 미소와 가족의 모습이 보였다. 그 이후 계속 아이와 가족이 보고 싶은 생각이 머릿속을 가득 채웠다. 다른 모습과 생각은 전혀 떠오르지 않았다. 드디어 진정한 나와 마주하였다. 현재 내게 있어 가장 중요한 것은 가족인 것을 내면 깊은 곳에서 발견했다. 나의 에고가 끊임없이 중요하다고 말했던 것들은 모두 부수적인 것들이었다.

4

삶의 이정표 '노란 화살표'를 만들어라

산티아고 라이프스타일 법칙 2
_방향

삶의 목적, 나만의 콤포스텔라

산티아고 순례길은 여러 시작지점이 있지만 가장 많이 떠나는 프랑스 길은 프랑스 남부의 작은 마을에서 시작하여 산티아고 데 콤포스텔라까지 총 800km를 걷는 여정이다. 그 800km를 한 번에 걷는 것이 아닌 수많은 마을과 도시를 지나면서 걷게 된다.

어떤 사람은 하루에 20km를 걷기도 하고 어떤 사람은 30km를 걷기도 한다. 자신의 체력과 일정에 맞게 하루에 얼마나 걸을지 계획하고 그에 따라서 어느 마을에서 머무를지 결정한다. 작은 마을들은 저마다 개성이 있고 도시들은 그마다 멋짐이 있다.

그렇게 마을을 지나다 보면 도시가 나오는데, 부르고스(Burgos)나 레온(Leon)과 같은 큰 도시를 지나면 드디어 800km 여정을 마치고 목적지인 산티아고 데 콤포스텔라에 도착하게 된다. 산티아고 순례길과 같이 나의 인생을 하나의 길로 보았을 때 행복하게 미소 지을 수 있는 마지막 종착지, 나만의 콤포스텔라를 그려보자.

이 책에서 내가 이야기하는 삶의 가치이자 콤포스텔라는 궁극적인 자아실현을 통해 내가 이룩하고자 하는 또는 변화시키고자 하는 의미적 요소다. 예를 들어, '나는 돈을 100억까지 벌고 싶다'가 목표가 될 수 있지만, 그 100억을 통해 무엇을 하고자 하는지가 정해져야 한다. '창업하여 멋진 기업으로 성장시키고 싶다'라고 한다면 그 기업을 통해 무엇을 이루고 변화시키며 내가 실현하는 의미는 무엇인가를 정해야 한다.

산티아고 데 콤포스텔라를 향해 나아가는 중간에 마주치는 작은 마을은 단기적 목표, 중간에 도착하는 도시는 장기적 목표, 산티아고 데 콤포스텔라는 궁극적인 가치 실현을 위한 목표로 이미지화하여 생각해볼 수 있다. 이렇게 단기적 목표의 마을을 향해 걷다 보면 장기적 목표인 도시에 도착하게 되고 장기적 목표인 도시를 지나다 보면 자신의 가치 실현인 산티아고 데 콤포스텔라에 자연스럽게 도착하게 된다. 단기적, 장기적 목표라는 점들이 연결되어 선이 되면 자연스럽게 우리가 나아가야 할 방향인 노란 화살표가 생기게 되는 것이다.

현재 내 삶의 가치이자 나의 콤포스텔라는 '내 삶이 누군가에게 희망과 위로가 되고, 내 아이가 살아가는 데 지금보다 더 따뜻한 세상을 만드는 것'이다. 이 과정에서 나도 성장하고 함께 행복하게 나아가고자 하고 있다. 나의 콤포스텔라를 향하기 위해서는 두 가지가 필요하다.

나뿐만 아니라 타인에게도 의미가 있는가? 콤포스텔라로 향해 나아가는 과정에 내가 행복한가?

나는 콤포스텔라로 향하는 첫 번째 장기적 목표, 목적지로 '카페알베르게 창업'을 결정했고, 카페알베르게 창업을 위해 10년 계획을 세웠다. 카페알베르게를 통해 일상에 지친 이들이 쉬어가며 잠시 위로를 받았으면 했다. 더 나아가 산티아고 순례길을 알리고 소개해 더 많은 사람이 순례길을 걸을 수 있도록 안내하고자 했다.

나는 이 목표를 향해 한 걸음씩 나아가며 다음과 같이 내 삶을 그려나갔다. 2009년 6월 석사 논문 제출, 2009년 7월부터 2010년 1월 캐나다 연수 및 인턴십, 2010년 4월 삼성 상반기 공채 지원 8월 입사, 2013년 3월 결혼, 2014년 6월 세계여행, 2015년 3월 카페알베르게 오픈, 2018년 12월 산티아고 순례길 방송 출연을 끝으로 첫 번째 목적지에 이르렀다. 처음 다이어리에 계획을 적어놓을 때만 해도 대략적인 생각만 적어놓았었는데 노란 화살표를 설정하여 그저 걷다 보니 대부분 그 목적지에 도달하였다.

첫 번째 여정을 마치고, 콤포스텔라를 향한 두 번째 목표로는 국제구호단체 코인트리와 함께 다른 세계의 아이들에게 꿈과 희망을 심어주고 그 희망을 발전시켜나갈 기회를 주고자 했다. 단지, 다른 환경에서 태어났다는 이유만으로 차별받고 소외당하는 것이 아니라, 그들도 학교에 가고 아프면 치료를 받을 수 있게 하는 것이 우리의 목표다. 이 일은 내가 힘들었을 때도 포기하지 않고 계속 앞으로 나아갈 수 있게 해주는 원동력과 중심이 되었다.

또 하나의 콤포스텔라로 향하는 목표로 지금 이 책을 쓰고 있다. 자신에 삶의 방향을 잃어버렸거나 현재의 삶이 지쳐 있는 사람들에게 이 책을 통해 작은 위로와 용기와 희망을 주고 싶었다. 또한, 이 책이 누군가에게는 꿈이 되고 행복을 주며, 아이들이 건강하게 자랄 수 있는 세상을 만들어주는 데 도움을 주고자 한다.

이 가치를 실현함으로써 내 아이가 사는 세상은 지금보다 조금 더 따뜻하고 행복한 세상이 되기를 꿈꾸어본다. 그리고 나만의 콤포스텔라로 향해 한 걸음 더 나아갈 것이다.

자신만의 삶의 방향 설정하기

이제 자신만의 노란 화살표를 만들어보도록 해보자. 내가 콤포스텔라로 향하며 가야 할 마을과 도시를 결정할 때 아래와 같이 자신에게 질문을 던져보자.

1. 삶의 최종 목적인 콤포스텔라 설정

- 내가 죽을 때 남기고 싶은 나의 모습
- 내 삶을 통해 진정으로 원하는 자아실현의 모습
- 진심으로 내가 행복한 일
- 나를 비롯하여 타인과 세상에 변화나 도움이 될 수 있는 일

2. 장기적 목표 설정

- 내 삶의 궁극적 가치 실현인 콤포스텔라와 연관성이 있는가?

· 최소 3년 이상 내 삶을 투자할 만한 가치가 있는가?
· 만약 그 목적지가 내가 생각한 것과 다르더라도 괜찮은가?
· 목표를 이루어가는 과정에서 내 성장에 도움이 되는가?
· 목표를 이루어가는 과정이 행복한가?
· 최소 생계를 이루어갈 수 있는 목표인가?
(예 : 창업하기, 진로 정하기, 목표한 부를 축적하기, 분야의 전문가가 되기 등)

3. 단기적 목표 설정
· 장기적 목표를 향해 나아가는 데 연관성이 있는가?
· 최소 1년 이상 내 삶을 투자할 만한 가치가 있는가?
· 내가 정말 해보고 싶은 일인가?
· 이 목표를 이루었을 때 내 모습에 대해 그림이 그려지는가?
· 이 목표를 위해 내가 현재 가지고 있는 것을 내려놓을 용기가 있는가?
· 내가 좋아하는 일인지, 잘하는 일인지 알아보고 싶은가?
(예 : 루틴 만들기, 책 쓰기, 자격증 따기, 운동하기, 세계여행하기, 새로운 분야 도전해보기, 산티아고 순례길 걷기 등)

이러한 장기적 단기적 목표가 설정되었다면 그 방향을 향해 용기를 내어 한 걸음을 내디뎌보자. 매일매일 자신의 노란 화살표를 눈에 보이는 곳에 적어놓고 방향을 잃지 않도록 해보자. 노란 화살표를 따라 걷다 보면 분명 나만의 콤포스텔라로 도착한다는 것을 나는 산티아고 순례길을 걸으며 경험하였다. 당신도 분명히 도착하고 이룰 수 있을 것이다. 그 과정에서 그리고 목적지에 도착하였을 때 자신의 모습을 상상하고 행복을 느껴보자.

행복한 콤포스텔라를 꿈꾸어보자

나는 어릴 적 팀 버튼의 영화 〈빅 피쉬〉를 보면서 내 마지막 삶은 그런 모습으로 마무리되기를 그렸다. 큰 자산이나 부를 이루는 것보다 내 자식에게 내 삶을 자랑스럽게 이야기해줄 수 있는 삶 그리고 내 마지막 순간에 내 삶을 증명해줄 수 있는 사람들이 나를 찾아주고, 미소 짓고, 함께 기쁨의 눈물을 흘려줄 수 있는 삶이 내가 정한 삶의 그림이었다. 그러한 삶을 위해 나는 한 걸음씩 나아가고 있다. 내 삶의 마지막 종착지에서 나는 자랑스럽게 이야기하고 싶다.

"아빠는, 할아버지는 이렇게 살았어. 그리고 너무나 행복했어. 너희도 나답게 행복하게 살아라."

내 안에 숨겨져 있던 나를 찾고 목표를 정해 방향이 정해졌다면, 내가 다음 세대를 위해 이루어놓을 작은 한 가지는 무엇일지 내 삶의 궁극적인 목표를 생각해보자.

사실 삶의 최종 목적이라는 콤포스텔라를 한 번에 정하긴 쉽지 않다. 삶을 살아가면서 수많은 질문과 대답을 하면서 이 콤포스텔라는 계속하여 변할 것이다. 하지만 한 가지는 분명하다. 분명히 콤포스텔라가 바뀌는 순간에는 자신의 삶이 더 좋은 방향으로 향하게 될 것이다. 나를 더 알게 되고, 내가 좋아하는 것을 알게 되고, 내가 행복해지는 순간들을 알게 될 것이다. 그것이 바로 내 삶이 완성되어가는 과정이며 그 끝이 바로 콤포스텔라가 될 것이다.
당신만의 행복한 콤포스텔라는 어디인가?

Capitulum huius
Almae Apostolicae
et Metropolitanae Ecclesiae
Compostellanae, sigilli Altaris
Beati Iacobi Apostoli custos, ut
omnibus Fidelibus et Peregrinis ex toto terrarum
Orbe, devotionis affectu vel voti causa, ad limina
SANCTI IACOBI, Apostoli Nostri, Hispaniarum
Patroni et Tutelaris convenientibus, authenticas
visitationis litteras expediat, omnibus et singulis
praesentes inspecturis, notum facit: Dnum
Jeaun Seung Yeon
hoc sacratissimum templum, perfecto Itinere
sive pedibus sive equitando post postrema centum
milia metrorum, birota vero post ducenta, pietatis
causa, devote visitasse. In quorum fidem praesentes
litteras, sigillo eiusdem Sanctae Ecclesiae munitas,
ei confert.
Compostellae die 8 mensis octobris Anno Sancto Dni 2022
José Fernández Lago
Decanus S.A.M.E. Cathedralis Compostellanae

안전지대에서 벗어나

한 걸음 내딛기

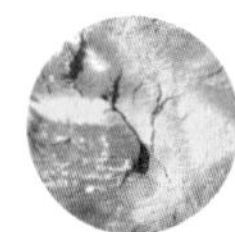

삶의 가치에 따른 콤포스텔라와 그 길로 가는 방향이 설정되었다면 이제 한 걸음을 내디딜 차례다. 앞에서 말한 바와 같이 산티아고 순례길에 노란 화살표가 표시되어 길을 알려준다. 순례자들이 순례길을 걸으며 길을 잃지 않기 위해 삼 페드로라는 신부님께서 길에 노란 화살표로 표식을 하는 것으로 시작되어, 현재는 모든 순례길이 노란 화살표로 표시가 되어 순례자들은 길을 잃을 걱정하지 않고 자신에게 더욱 집중하면서 걷게 되고 산티아고 데 콤포스텔라로 향하게 된다.

이와 같이 우리의 삶에도 자신만의 콤포스텔라로 가는 방향으로 길을 잃지 않고 나아갈 수 있도록 노란 화살표를 향해 가야 한다. '천릿길도 한 걸음부터'라는 속담도 있듯이 첫 한 걸음은 무엇보다 중요하다. 생각만 하는 상태에서 이 한 걸음을 내디디고 내딛지 못하고의 차이는 말로 표현할 수 없을 만큼 크다. 그러므로 상당한 용기가 필요하다.

산티아고 순례길을 가기 위해서도 많은 것을 내려놓을 용기가 필요하다. 산티아고 순례길을 가기 위해서는 40일이라는 시간과 한 달 동안 여행에 필요한 비용 그리고 800km를 걷기 위한 체력이 필요하다. 그중 내가 내어야 할 시간과 여행에 필요한 비용을 지불하기 위해서는 용기를 내어 직장에 긴 휴가를 내거나 일을 잠시 쉬어야 하고 열심히 모아놓은 적금을 해지하거나 그 시간 동안 벌 수 있는 가치비용을 내려놓을 용기가 필요하다. 나는 용기를 내어 스페인으로 가는 항공편을 예매한 순간이야말로 첫걸음이며 순례길의 시작이라고 생각한다.

나 역시 살면서 변화를 요구하는 시점마다 많은 용기가 필요하였다. 처음 산티아고 순례길을 걷기 위해 갔을 때는 낯선 곳에 나를 던져놓을 용기가 필요했고, 대기업을 그만두고 아내와 세계여행을 떠날 때도 용기가 필요했다. 불확실한 미래인 카페를 오픈할 때도, 비영리 일을 시작할 때도 용기가 필요했고 사실 이 책을 쓰기 위해서도 용기가 필요하였다.

매 순간 두려움을 이겨낼 용기가 필요했지만 그렇다고 내가 대담해서 그런 것은 절대 아니었다. 나는 누구보다도 겁이 많았고 두려움도 컸다. 하지만 그동안의 경험이 용기를 낼 수 있게 해주었고 한 걸음 내디뎌보면 생각보다 해볼 만했고 확실한 목표를 향해 걷다 보면 분명히 길이 나올 거라 믿었기 때문이다. 조금 더 행복하게 내가 원하는 삶을 살고 싶다면 내려놓을 것에 대한 두려움을 이겨내고 작은 용기를 내어 한 걸음을 내디뎌보자.

안전지대를 벗어나는 방법

한 걸음을 내디뎠다면 이제 앞으로 나아갈 차례다. 내가 설정한 단계적 목표를 향해 노란 화살표를 따라 걸어보자. 처음에는 힘이 들고 더딜 것이다. 산티아고 순례길도 처음 일주일이 가장 힘들다. 배낭도 무겁고 내 몸도 걷는 것에 적응이 되어 있지 않기 때문이다. 우리의 몸이 길을 걷는 것에 적응할 시간이 필요하다. 특히, 순례길의 시작인 피레네산맥은 굉장히 힘든 코스다. 이때 무리해서 걷다 보면 완주하기도 전에 아파서 포기하거나 치료하는 데 더 많은 시간을 써야 한다. 대부분 순례길을 완주하지 못하고 돌아오는 사람들은 처음부터 무리해서 걷다가 통증이 심해져 돌아오는 분들이었다.

처음에 느리고 더디더라도 내 체력에 맞게 적응하며 걷다 보면 점점 빠르게 나아가는 자신을 발견할 수 있을 것이다. 그리고 어느 순간 자신도 모르게 산티아고 데 콤포스텔라까지 남은 거리가 지나온 거리보다 가까워지기 시작한다. 잠시 서서 뒤돌아보면 엄청난 거리를 걸어온 자신에게 놀랄 것이다.

우리의 삶도 연습과 적응 기간이 필요하다. 우리의 유전자는 오랜 시간 동안 생존을 위해 촉각을 곤두세우고 있었고, 늘 안전지대(Safety Zone)에 머물고 싶어 한다. 이러한 생존의 위협을 느끼거나 안전지대를 벗어나려고 하면 편도체 부위 중 가장 원초적인 뇌인 도마뱀 뇌라고 불리는 부분이 우리에게 도망가라는 신호를 보낸다. 이러한 이유로 우리의 뇌는 안전지대 속에 머물며 변화를 싫어한다. 미래를 생각하게 되면 해야 할 것들이 많이 생기고 그 불확실성 속에서 만나게 될 수많은 장애물을 피하고 싶어 한다.

이러한 문제를 해결하기 위한 가장 좋은 방법은 생각하기 전에 움직이는 것이다. 고민하기 전에 행동을 먼저 해보자. 이러한 행동이 익숙해지게 되어 루틴이 생기면 뇌에서는 이러한 행동을 새로운 것이라고 인식하지 않는다. 그런 후에는 뇌의 저항이 약해져서 이전보다 더 쉽게 행동할 수 있게 된다.

우리의 뇌가 적응할 수 있도록 처음부터 무리하지 않게 욕심을 조금 내려놓고 내가 할 수 있는 것에 딱 한 걸음의 난이도로 도전해보자. 예를 들어 아침에 일찍 일어나고 싶다면 일단 알람 시간을 30분 일찍 맞춰보자. 독서 습관을 기르고 싶다면 일단 서점으로 가보자. 여행을 떠나보고 싶다면 비행기 표를 알아보자. 이런 가벼운 한 걸음을 시작하는 것만으로도 충분하다.

사실 네 번째 순례길을 떠나면서 굉장히 두려운 마음이 들었다. 오랜만에 순례길에 간다는 설렘보다 불안이 더 크게 다가왔다. 지금 내 상황에서 과연 떠나는 것이 맞는 것일까 확신이 서지 않았다.

6살 아이와 오랫동안 떨어지는 것도, 카페알베르게를 아내에게 혼자 맡기는 것도, 현재 활동하고 있는 코인트리에 장기간 휴가를 내어 가는 것도 부담이었고 떠나지 말아야 할 이유였다.

CAMINO
DE SANTIAGO

솔직히 떠나기 3일 전까지도 떠나는 것에 대해서도 고민하였다. 하지만 나는 도마뱀 뇌가 도망치고 싶다는 것을 알았다. 분명 안전지대에 머물고 싶다는 것을 알았다. 그래서 용기를 내어 떠났고 하루 이틀 걸으며 이내 두려움은 사라지고 안정을 되찾았다. 또한, 네 번째 순례길을 통해 더 많은 깨달음과 기적을 체험할 수 있었다. 떠나기 전보다 나는 더 용감해졌고 나에 대해 더 많이 알게 되었으며 자신감과 자존감을 다시 회복할 수 있었다.

목표를 정했다면 용기를 내어 시작을 해보고 내가 할 수 있는 난이도의 과정을 달성해나가다 보면 어느새 자신도 모르게 목표에 성큼 다가와 있는 자신을 발견할 것이다.

나 역시 살면서 변화를 요구하는 시점마다 많은 용기가 필요하였다. 처음 산티아고 순례길을 걷기 위해 갔을 때는 낯선 곳에 나를 던져놓을 용기가 필요했고, 대기업을 그만두고 아내와 세계여행을 떠날 때도 용기가 필요했다. 불확실한 미래인 카페를 오픈할 때도, 비영리 일을 시작할 때도 용기가 필요했고 사실 이 책을 쓰기 위해서도 용기가 필요하였다.

방향에 맞게 꾸준히 걸어라

산티아고 순례길을 지도로 보면 동쪽에서 서쪽으로 향하는 하나의 직선코스다. 평탄해 보이는 이 길을 실제로 걸어보면 수많은 오르막과 내리막이 존재한다. 멀리 보았을 때는 평지인 것 같은데 오르막이 있기도 하고, 굉장히 오르막길처럼 보이는데 막상 걸어보면 생각보다 경사가 높지 않을 때도 있다.

어느 날, 나는 하루 25km를 걷기 위해 앞만 보고 열심히 걷고 있었다. 수많은 순례자에게 인사를 건네며 추월했다. 한참을 바삐 걷고 난 후 잠시 그늘에 앉아 신발을 벗고 땀이 가득 찬 두 발을 말리며 쉬고 있는데 한참 전에 지나쳐 온 노부부가 유유히 내 앞을 지나가며 인사를 건넸다. 천천히 두 손을 꼭 붙잡고 걸으시는 노부부의 모습을 보면서 아름답다고 생각하며 그들을 지나쳤던 기억이 났다.

내가 아무리 빨리 걷는다 하여도 잠시 쉬고 있으니, 천천히 자신만의 길을 즐기며 걷는 노부부보다 빨리 가지 못했다. 아니 더 빨리 갔다고 해도 엄청나게 차이 나진 않았을 것이다. 그때 난 쉬지 않고 꾸준히 걷는 것이 얼마나 빠른 길인지 깨닫게 되었다. 산티아고 순례길은 속도보다는 방향이 중요하다는 것을 알게 해주었다.

"잘하는 일을 해야 할까요? 아니면 좋아하는 일을 해야 할까요?" 많은 사람이 종종 던지는 질문이다. 대답하는 사람에 따라 어떤 이는 잘하는 일을 하고 좋아하는 일은 취미로 하라는 사람도 있었고, 어떤 이는 좋아하는 일을 해야 잘할 수 있다고 하는 사람도 있었다. 《논어》에 보면 "아는 자는 좋아하는 자를 따라갈 수 없고, 좋아하는 자는 즐기는 자를 이기지는 못한다"(知之者 不如好之者,好之者 不如樂之者)라고 하였다.

하지만 나는 이보다 앞서 좋아하는 일인지 잘하는 일인지 알기 위해서는 먼저 해봐야 한다고 생각했다. 길은 걸어봐야 알 수 있듯, 먼저 해보지 않는 이상 내가 그 일을 좋아하는지 잘하는지 판단할 수 없고, 그렇지 않다면 내가 단지 어디에선가 본 것만 가지고 좋아한다고 환상을 가지거나 착각을 할 수도 있기 때문이다.

예전에 준오헤어의 강윤선 대표님의 강연을 들은 적이 있는데 대표님께서는 아무리 잘한다고 하더라도 다 시간이 필요하다고 하셨다. 자신만의 길을 가며 빨리 성공하는 사람들도 있지만 어떤 일은 그 과정의 시간이 필요하다고 하였다. 나 역시 카페알베르게를 처음 오픈할 때 3년의 시간을 목표로 하였다. 처음 하는 사업이었고, 전공과 지식과도 전혀 다른 일이었기 때문에 최소 3년은 꾸준히 노력해야 한다고 생각했다. 또한, 기간을 정해주는 것은 나 스스로에게도 좋은 동기 부여가 될 수 있다.

누군가는 우리의 발걸음을 지켜보며 응원한다

나는 처음으로 사회적 강요와 타인의 조언으로 시작한 일이 아닌 내가 원하는 일을 선택하였다. 어찌 보면 주말도 없이 하루 13시간의 노동을 해야 하고, 화장실 청소부터 설거지까지 허드렛일도 해야 하는 일이었지만 내 일을 한다는 것이 즐거웠다.

특히, 사람과 만남을 통해 다양한 삶을 마주하고 그들에게 작은 도움과 휴식, 위로를 줄 수 있는 일이 내가 가진 성향과 가치관을 만족시켜주었다. 앞서 말한 바와 같이 카페알베르게를 하면서 자신의 길을 걸어가는 다양한 사람들을 만나 그들과 함께 이야기를 나누며 성장하는 삶도 좋았고, 삶에 지쳐 위로가 필요한 사람들이 카페알베르게에 와서 에너지를 채우고 가는 것도 좋았다.

하지만 어찌 좋기만 할 수 있을 것인가? 당연히 가시밭길은 험했지만 나는 내 길을 향해 한 걸음을 내디뎠기에, 이제 그 길을 잘 따라가야만 했다. 쉽지 않을 것을 알고 있었음에도 두렵고 힘들었다.

카페 운영은 아내와 나 둘 다 처음이라 모든 것이 어설프고 쉽지 않았지만, 우리의 시도와 행동이 분명 유의미한 것들을 만들어낼 수 있으리라 생각했다. 아무것도 하지 않으면 아무것도 일어나지 않기에 내가 가야 할 방향을 향해 걷는 것이, 멈추지 않는 것이 당시에는 최선이었다. 그렇게 걷다 보면 누군가는 우리의 발걸음을 지켜보고 있을 것이고 분명히 누군가는 도와줄 사람이 생겨날 것이라 믿었다.

어느 날 점심시간에 에너지가 넘치는 손님 몇 분이 방문했다. 첫인상부터 남달랐던 그들은 카페알베르게를 둘러보면서 우리의 여행 사진과 인테리어를 신기하듯 보며 이것저것 질문했고, 메뉴 중 스패니쉬 커피에 관심을 두더니 카페 콘레체를 맛보고는 연신 맛있다며 우리를 기분 좋게 해주었다. 그들은 다음 날 다른 직원들을 데려왔고, 그다음 날 또 다른 직원들과 함께 왔다.

며칠 뒤 그들이 입고 온 티셔츠에 "우리가 어떤 민족입니까"라고 적혀 있는 것을 보고 그들이 '배달의민족' 사람들이라는 것을 알게 되었다. 당시 시작하는 스타트업 회사였던 우아한형제들은 석촌호수 서호 쪽에 있었고, 우리는 석촌호수 동호 쪽에 있었다.

우아한형제들은 우리 동네 회의실이라는 프로그램을 통해 회의를 근처 카페에서 진행하였는데 아주 가깝지는 않은데도 자주 카페알베르게를 방문해주었고, 점심시간에 많은 직원분이 카페알베르게를 이용해서 항상 고민이었던 점심시간 매출을 올릴 수 있었다. 감사하게도 처음 방문해주셨던 마케팅실 직원분들 덕분에 우아한형제들 내에서 카페알베르게가 조금씩 입소문을 타 더 많은 분이 찾아주셨다.

3개월 정도 지났을 때는 당시 김봉진 대표님께서 점심시간에 직원분들과 함께 방문해주셨다. 김봉진 대표님이 계산하며 내게 건넨 첫 인사말을 나는 지금도 잊을 수가 없다.

"대표님, 우리 아이들에게 늘 친절하게 대해주셨다고 들었는데 정말 감사드립니다."

그동안 회사 대표라는 직책은 어렵고 권위적이라는 내 인식을 한 번에 깨게 된 한마디였다. 그렇게 우아한형제들과 카페알베르게는 좋은 관계를 맺게 되었고, 우리는 배달의민족 팬클럽 배짱이의 초기 멤버로 지금도 그 관계를 이어가고 있다.

산티아고 순례길은 홀로 걷지만 늘 좋은 인연들이 생겨나고 가장 힘들 때마다 나를 도와주는 천사들을 만나게 된다. 카페알베르게를 운영하면서 힘들어도 하루하루 걷는다고 생각하며 운영을 하면서 나는 이런 경험을 많이 느꼈다. 한 걸음씩 걷다 보니 매출도 올라가고 함께 해주는 사람들도 생겨나기 시작했다.

진정으로 무엇인가 원한다면 일희일비하지 않고 꾸준히 걸어야 한다. 남들과 비교하면 느리고 더딜지라도 자신만의 길을 하루하루 쉬지 않고 최선을 다해 꾸준히 걷다 보면, 누군가 그 걸음을 봐주고 응원해 예상치 못한 곳에서 좋은 일이 생기며 분명 원하는 목적지에 달성할 수 있을 것이다.

진정으로 무엇인가 원한다면 일희일비하지 않고 꾸준히 걸어야 한다. 남들과 비교하면 느리고 더딜지라도 자신만의 길을 하루하루 쉬지 않고 최선을 다해 꾸준히 걷다 보면, 누군가 그 걸음을 봐주고 응원해 예상치 못한 곳에서 좋은 일이 생기며 분명 원하는 목적지에 달성할 수 있을 것이다.

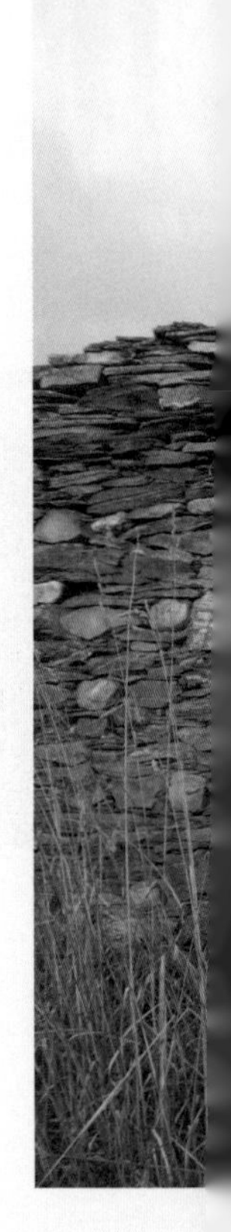

잠시 멈춰 서서 바라보기

카페알베르게를 운영한 지 2년째 되었을 때 우리 부부에게 큰 선물이 찾아왔다. 바로 아이였다. 우리는 큰 기쁨에 앞으로의 삶이 더욱 행복하리라 생각했다. 하지만 아이가 태어남과 동시에 나는 그동안 경험해보지 못했던 책임감이라는 무게에 짓눌렸다. 카페알베르게 매출을 높이기 위하여 주변의 성공한 사람들의 강연과 마케팅 수업을 듣고 노하우를 찾으러 다녔다. 나는 성공을 좇고 있었다.

어느 순간부터 내게 성공이란 카페알베르게의 매출을 높이고 더 유명해지는 것이 되어버렸다. 한 사람이 편히 쉬었다 가는 것보다는 한 사람이라도 더 많이 음료를 시키게 하는 것이 목표가 되어버렸다. 그리고 내가 성공하기 위해서 가장 먼저 아내와 나의 희생을 요구하였다. 잠을 줄이고 힘들어도 계속 더 노력해야 했고 아내에게 더 큰 노력을 요구하였다. 아내와 나의 속도에 분명 차이가 있었음을 알면서도 아내에게 더 빨리 달려야 한다고만 재촉했다. 나의 목표는 어느 순간 매출에 집중하여 '어떻게 하면 더 많은 손님을 오게 할까?'가 되었다.

그동안은 돈을 버는 것보다는 누군가에게 도움이 되는 삶이 더욱 가치 있는 삶이라 생각하여 우리가 조금 덜 먹고 좋은 것을 입지 못하며 나만의 집이 없더라도 큰 상관이 없었지만, 아이가 생기니 그동안 우선순위가 높지 않던 것들을 더는 회피하고 있을 수만은 없었다. 카페알베르게 1년 차에는 돈을 아끼느라 하루 두 끼 중 한 끼는 라면이나 삼각김밥으로 대부분 해결하고, 집도 부모님 집의 방 한 칸에서 생활하였다. 하지만 이제 막 태어난 아이에게 분유를 덜 먹일 수 없었고 방 한 칸에서 온 식구가 생활할 수가 없어 엘리베이터도 없는 빌라 5층에 집을 마련하였다. 아내는 만삭까지 무거운 몸을 이끌고 5층까지 걸어 다니고 심지어 출산 며칠 전까지도 바쁜 매장을 도와주었다.

내 아이와 내 가정에도 제 역할을 하지 못하자 나는 카페알베르게를 운영하며 느꼈던 행복감도 느끼지 못하였다. 누군가를 도와주면서 느끼던 감정은 '내 가정도 제대로 챙기지 못하면서 누군가를 돕는 게 무슨 가치가 있을까'라는 죄책감으로 변하였고, 그때부터 나는 더 성장하여 돈을 벌어야겠다고 생각했다. 내가 얼른 돈을 더 벌어서 성공해야 한다고 생각해 매장을 마치고 자정부터 새벽까지 진행하는 장사수업도 들으러 다니고 지인이 여행자카페를 오픈하고 싶다고 하여 그쪽 매장도 같이 관리하며 도와주었다.

하지만 그럴수록 나는 나를 잃어가기 시작했고 점점 지쳐갔다. 가정은 편안하지 못하였고 나의 불만이 늘어나면서 아내와의 사이도 조금씩 틈이 벌어지기 시작했다. 행복해지자고 시작했던 일들이 이제는 행복하지도 않고 오히려 불행하다는 생각까지 들었다.

나를 돌아보게 한 성공의 정의

어디서부터 잘못되었던 것일까? 나는 방향을 잃고 방황하기 시작했다. 힘든 시간이었다. 나는 낮에는 행복한 척 생활하였고 퇴근 후에는 홀로 거리를 배회하다 집에 들어갔다. 그러던 어느 날 내게 찾아온 한 구절을 통해 나는 다시 한번 나를 돌아보게 되었다.

자주 그리고 많이 웃는 것.
현명한 사람들에게 존경을 받고
아이들에게서 사랑받는 것.
정직한 비평가의 찬사를 듣고
친구의 배신을 참아내는 것.
아름다움을 식별할 줄 알며
다른 사람에게서 최선의 것을 발견하는 것.
건강한 아이를 낳든
한 평의 정원을 가꾸든

사회 환경을 개선하든

자신이 태어나기 전보다 세상을 조금이라도 살기 좋은 곳으로 만들어놓고 떠나는 것.

자신이 한때 이곳에 살았음으로 해서

단 한 사람의 인생이라도 행복해지는 것.

이것이 진정한 성공이다.

_랄프 왈도 에머슨의 〈무엇이 성공인가〉

랄프 왈도 에머슨의 성공의 정의를 통해 내가 길을 잃었다는 것을 깨달았다. 나는 이미 진정한 성공을 했음에도 불구하고 방향을 잃고 또 다른 성공을 좇고 있었다. 나는 세상을 조금이라도 살기 좋은 곳으로 만들기 위해 노력하였고 단 한 사람의 인생이라도 행복하게 해주고 싶었으나 정작 나와 아내 그리고 내 가정의 행복에는 외면하고 있었던 것이었다.

그로부터 5년이 지난 지금은 확실히 더 자주 많이 웃고, 아이들에게서 사랑을 받으며, 아름다움을 식별할 줄 알고, 건강한 아이와 함께 건강한 삶을 영위하고 있다. 그리고 많은 순례자와 예비 순례자들을 맞이하고 안내하며 분명 어제보다 조금은 더 나은 세상을 만들고 있다고 생각한다.

내가 가야 할 길에 너무
집중하여 걷다 보면 자칫
방향을 잃고 다른 삶의
방향으로 나아갈 수도 있다.
그래서 한 번씩은 잠시 멈춰
서서 내가 가야 할 방향을
점검하고 자신의 위치를
돌아봐야 한다.

우리는 모두 길을 걷는 '순례자'다

산티아고 라이프스타일 법칙 3
_걷기

매일 걷기만 하는데 왜 행복할까?

산티아고 순례길의 주된 행위는 사실 걷기다. 대부분 순례자의 패턴으로 보았을 때 최소 하루에 5~6시간을 걷게 된다. 걷는 중간에 쉬기도 하고 식사나 음료를 마시기도 하니 실제로는 7~8시간을 길 위에서 보내게 되는 것이다.

그래서 사람들은 매일 힘들게 걷기만 하는데, 뭐가 좋은지 뭐가 행복한지 궁금해한다. 한때 우리나라에서는 1만 보 걷기가 유행한 적이 있다. 보폭에 따라 차이는 있지만 1만 보면 대략 6~7km 정도 된다. 1만 보 걷기가 유행하게 된 것은 당연히 걷기가 건강에 도움이 된다는 것이다.

걷기 운동은 첫째로 몸의 혈액순환을 증가시켜서 뇌혈관 및 심혈관 질환 개선, 고지혈증과 뇌졸중 및 치매 예방에 도움이 된다.

또한, 다리의 근력을 향상해주며 체중을 줄여주어 체지방 감소를 통한 당뇨 및 성인병 예방에도 도움이 된다.

실제로 산티아고 순례길을 가기 전에 건강이 좋지 않았으나 다녀온 후에 건강이 훨씬 좋아졌다는 순례자들을 많이 만났다. 고지혈증, 고혈압, 당뇨, 간 수치 등의 기저질환이 있었으나 순례길을 다녀온 후 건강검진을 받아보니 굉장히 좋아진 분들, 살이 빠지거나 오히려 살이 조금 쪘지만 건강해진 분들, 심지어 키가 더 커졌다는 순례자도 만나보았다.

걷기에 숨겨진 특별한 비밀

걷기에는 이러한 몸의 건강뿐만 아니라 특별한 비밀이 숨겨져 있다. 산티아고 순례길은 대부분 자연을 걷게 된다. 자연을 걷는 동안 우리 몸에는 스트레스 호르몬인 코르티솔 분비가 감소하고 행복의 전달물질인 세로토닌이 분비되게 된다. 세로토닌은 우리가 행복하다는 감정을 느끼게 해주는 가장 큰 호르몬 요소다. 스트레스 지수인 코르티솔이 감소하고 세로토닌이 증가하면 우리 마음의 불안함이 줄어들게 되고 이로 인해 행복한 감정이 더욱 고조되게 된다.

특히, 태양이 강한 스페인은 비타민 D 활성화를 더욱 촉진시키고 이를 통해 혈당과 활성산소도 감소하게 된다. 이러한 호르몬 변화를 통해 산티아고 순례길은 힘들지만 즐겁고 행복한 감정을 느끼게 된다.

그리고 호르몬 작용뿐만 아니라 또 하나의 뇌의 비밀이 있다.

걷는 동안 우리의 뇌는 휴식 상태인 디폴트 모드 네트워크(DMN) 상태로 들어간다. 디폴트 모드 네트워크는 2001년 뇌과학자 마커스 라이클(Marcus Raichle) 박사에 의해 발견되었다. 이 상태는 수많은 정보를 처리하며 지친 상태의 뇌를 쉬게 하고 불필요한 정보들을 삭제하며 조각나 있는 기억들을 연결해준다. 실질적으로 자는 상태와 같이 뇌가 휴식에 들어간다. 이 과정에서 주요 기억들은 외부 정보보다는 자아 의식, 자기 객관화 등 나에 대한 정보에 집중하게 된다. 이는 자존감을 회복하고 자신의 소중함을 느끼게 해준다. 산티아고 순례길의 주된 행위인 걷기에는 이런 엄청난 기능들이 숨어 있다.

이러한 몸의 신체 효과, 호르몬 작용, 뇌의 작용을 통해 산티아고 순례길을 걸으며 만나는 자연 풍경과 중세시대 모습을 그대로 간직한 마을을 보며 감사함을 느끼게 되고 길 위에서 순례자들은 열린 마음으로 서로를 도와주고 배려하게 된다.

매일 아침 붉게 타오르며 떠오르는
일출의 모습과 성당의 고요한
공기를 느끼며 하는 기도 역시
산티아고 순례길을 사랑할 수밖에
없게 만든다. 순례자들의 반가운
인사말 "올라! 부엔 카미노"
한마디를 들으며 매일 걷기만 해도
행복해지는 마법의 공간이 바로
여기 산티아고 순례길이다.

잘 걸을 수 있게 계획하고 조절한다

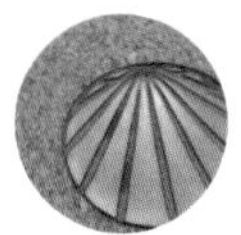

산티아고 순례길은 진정한 미니멀라이프의 실천이다. 한 달 동안 걸으며 생활하는 모든 나의 물품을 배낭 하나에 다 짊어지고 다녀야 한다. 배낭의 무게가 자신의 몸무게 6분의 1만큼이 적당하다는 사람도 있고 10kg 내외가 적당하다고 하는 사람도 있지만 내 삶의 모든 생필품을 배낭 하나에 10kg 내외로 가져간다는 것이 쉽지만은 않다. 집에서 필요 물품 리스트를 작성하고 몇 번을 쌌다 풀기를 반복하면서 진짜 필요한 것만 가져온다고 했는데도 순례길을 걸으면서 계속해서 버릴 것이 나오는 것은 이 배낭이 무엇이든 담을 수 있는 마법의 주머니가 아닌가 하는 생각도 든다. 최종적으로 몇 번의 도전 끝에 내 배낭의 무게를 재보니 약 11kg 정도 되는 듯하였다.

처음 배낭을 메면 약간 무거운 느낌도 들긴 하지만 등산용 배낭의 마법으로 허리끈과 어깨끈을 잘 조절하면 신기하게도 그 무게가 순간 사라져버린다. 아침에 알베르게를 나서면 등산용 배낭의 마법으로 한 시간가량은 가볍게 걷는다. 하지만 시간이 갈수록 마법 효과는 사라지고 배낭은 고스란히 내 어깨를 짓누르기 시작한다. 어깨에 실린 무게는 점차 아래로 내려오면서 무릎과 발목에도 부담이 된다. 가끔은 무거운 배낭을 버려버리고도 싶지만 내가 필요한 물품들을 챙겨주는 소중한 녀석이기에 이내 다시 들쳐 메고 길을 걷는다.

하지만 내 체력과 몸무게보다 그 무게가 지나치다면 의지만으로는 힘들게 된다. 배낭의 무게로 인해 무릎과 발목에 통증이 시작되면 더 이상 걷기가 쉽지 않다. 하루만 걷고 끝나는 것이 아닌 800km를 한 달 동안 걸어야 하므로 배낭의 물건을 다시 한번 점검하고 그중에서 또 불필요한 것을 내려놓고 내가 가지고 갈 수 있는 것들만 가지고 가야 한다. 매일 8시간을 저 배낭을 메고 25km 이상을 걷다 보면 그동안 살면서 인생에 무엇을 짊어지고 걸어왔는가 하는 생각이 든다.

산티아고 순례길에서 배낭의 무게는 눈으로 보이고 내 어깨에 고스란히 느껴지기에 조절할 수 있지만, 삶에서 짊어지고 가는 것들은 눈에 보이지 않기에 무엇을 짊어지고 가는지, 얼마나 짊어지고 가는지, 그 무게는 내가 감당할 수 있는 것인지 모른 채 그저 의지만 불태우며 하루를 살아가고 있는지도 모른다.

무엇인가 내려놔야 하는데 무엇을 짊어지고 가는지 모르기에 무엇을 내려놔야 하는지도 알 수가 없다. 그저 우리는 왜 힘든지 지치는지 정확히 알지 못한 채 어느 순간 포기해버리는지도 모른다. 산티아고 순례길에서 배낭의 무게를 느끼며 다시 한번 생각해 보았다. 내가 힘겹게 짊어지고 갔던 것은 무엇이 있었을까?

일상에서 내가 짊어진 무게 첫 번째

가장 먼저 떠오른 것은 욕심이다. 배낭을 싸면서도 느껴지지만 우리는 살면서 필요한 것이 엄청 많다. 그리고 그 필요한 것들을 끊임없이 채워 넣고 있다. 의식주에 필요한 생필품부터 취미나 여가 생활에 필요한 것들, 편리한 생활에 필요한 것들, 타인에게 더 잘 보이는 데 필요한 것들 등 집안을 둘러보면 언제 이렇게 많은 것들을 샀는지도 모른 채 그저 쌓여만 간다. 심지어는 구매 후 한 번도 사용하지 않은 것들도 있다.

하지만 우리를 진정으로 힘들게 하는 것들은 이렇게 눈에 보이는 욕심이 아니다. 그것은 무의식적으로 지배당해온 성공에 대한 욕심이다. 우리 사회는 모두가 성공해야 하는 시대에 살고 있다. 성공의 정의에는 여러 가지가 있을 수 있지만, 우리가 흔히 말하는 성공이란 부를 많이 쌓거나 사회적 지위가 높거나 하는 사회적 성공을 말하고 있다. 이 성공에 대한 욕심은 무형하기에 끝이 없다. 내가 아무리 잘하고 있더라도 언제나 나보다 더 잘난 사람이 있기 때문이다. 특히, 사회적 성공은 부와도 직결되어 있어서 더욱 그 욕심이 크게 작용한다. 내가 성과를 잘 내서 인센티브를 100% 받아도 내 옆의 동료가 200%를 받으면 나도 200%를 받기 위해 자신을 더욱 채찍질하게 된다. 회사 내에 승진 시스템, 인센티브 시스템 등은 모두 이러한 욕심을 자극하여 더욱 열심히 일하도록 만든 것이다.

성공하기 위해서는 무엇이든지 해야 한다는 사회적 메시지와 성공하지 못하면 잘못된 인생이라는 사회적 인식은 우리에게 자연스레 욕심을 생기게 하고 어깨에 무게를 짊어지게 하고 있다. 그리고 그 무게에 우리는 하루를 너무 힘겹게 살아가고 있다. 성공해야 한다는 욕심, 인정받고 싶다는 욕심, 완벽해야 한다는 욕심을 조금만 내려놓고 내가 가지고 갈 수 있는 만큼의 적당한 욕심만 가지고 갈 필요가 있다.

일상에서 내가 짊어진 무게 두 번째

두 번째는 책임감이다. 우리나라는 개인주의보다는 집단주의적 성향이 강하여 어릴 적부터 남에게 피해를 주면 안 된다, 타인을 먼저 생각해라 등 내가 속한 공동체에 피해를 주지 않는 것이 개인의 행복과 만족보다는 우선시되어 왔다. 또한, 맞벌이하며 가정을 돌보는 부모님을 보고 자라면서, 나 역시 잘해야 한다는 책임감이 자연스레 생겼을지도 모르겠다. 책임감과 타인의 기대감은 살아가면서 상당히 도움이 된다. 특히 사회생활에서 책임감이 있다는 것은 어떻게서든 일을 해내거나 마무리를 진다는 것이다.

하지만 이러한 책임감은 자신을 스스로 굉장히 힘들게도 한다. 내 능력 밖의 일이거나 나 혼자 할 수 없는 일임에도 불구하고 나에게 주어진 일을 하기 위해 자신의 몸과 마음의 건강은 뒤로한 채 책임을 다하기 위해 앞으로만 달려간다. 이러한 이유로 회사에서도 수많은 야근을 하였고, 주말이나 공휴일, 명절에도 회사에 출근하며 충성을 다했다. 당연히 이런 습관은 사회에서 인정받고 회사에서도 좋아하지만, 과도한 책임감은 번아웃을 경험하게 한다. 나는 주변에서 이러한 이유로 정신과 치료를 받거나 최악의 선택을 하는 경우를 보았다.

결국에는 모든 것을 내려놓고 산티아고 순례길을 걷다 보니 그때 조금만 더 여유를 가질 걸, 내가 아프기 전에 조금만 더 일찍 내려놓을 걸 하는 생각이 든다. 책임감은 내가 가장 좋아하고 중요시하는 것이기도 하지만, 동시에 자신을 가장 힘들게 할 수 있는 양날의 검이 될 수도 있다. 그것이 나를 해치지 않게 잘 사용하면 가장 좋은 무기이지만, 내가 다룰 수 없다면 나를 다치게 할 수도 있다.

일상에서 내가 짊어진 무게 세 번째

마지막으로 과도한 인간관계다. 산티아고 순례길은 전 세계 여행지 중에 아마 가장 많은 사람을 손쉽게 만나고 헤어지는 여정일 것이다. 순례길에서는 매일같이 만남과 헤어짐이 반복된다. 서로 함께 걸었다가 혼자서 걷기도 하고 며칠 만에 둘도 없는 친구나 평생의 인연이 되기도 한다. 어느 순례자는 하루에 20km를 가지만 어느 순례자는 하루에 30km씩 가며, 어느 순례자는 800km 여정 중 300km까지만 갈 수도, 600km까지만 갈 수도 있다. 그렇게 우리는 자연스레 만남과 헤어짐을 반복한다.

행여 어떤 인연을 만나 자신의 일정을 상대에게 맞추며 함께 가게 될 경우, 시간이 지날수록 나도 모르게 그들에게 바라는 것이 생기고 의지하는 것이 생기게 된다. 그가 얼마나 이 여정을 위해 준비를 했든지 간에 며칠 본 사이인 나의 바람과 맞지 않는다는 이유로 상대에게 실망하거나 속상한 경우가 있었다. 그런 마음이 들었을 때 '그들은 단지 그들의 목적을 향해 갈 뿐인데, 내가 혼자 결정 내려버린 나의 기대이지 않을까' 하는 생각을 해보았다.

우리의 일상에서도 하루에 수많은 만남과 헤어짐이 반복된다. 어릴 적에는 내가 사는 동네, 내가 다니는 학교 등에서 나와 잘 맞는 사람들과 자연스레 관계가 맺어지지만, 일 때문에 필요로 하는 사람처럼 나이가 들수록 내가 원치 않는 관계들도 맺어지게 된다.

특히, SNS의 발달로 우리는 물리적 거리를 완전히 제로로 만들어버리고 수많은 관계를 맺게 된다. 이로 인해 '나'라는 자아 대신 나로 보이는 가면을 쓰고 새로운 페르소나를 만들어 생활하게 된다. 또한, SNS는 우리에게 많은 인간관계를 보여주는 것이 잘 살아가는 것처럼 만들어버렸다. SNS 친구가 많거나 팔로워가 많은 사람은 인플루언서로 지칭되어 이전에 연예인이 활동하는 영역까지 진출하며 인기를 끌게 되었다.

나 역시 사람을 좋아하고 새로운 만남을 통해 서로의 이야기를 나누는 것을 좋아하여 자연스레 많은 관계를 만들어가고 있었다. 주말에는 항상 약속을 잡아서 누군가와 함께하였고, 누군가 나를 찾게 되면 언제든지 달려갔다. 내가 피곤하고 힘들어도 함께하려고 노력했고 모두와 좋은 관계를 이어가려고 노력했다.

하지만 관계라는 것이 한쪽만 잘하는 일방적인 관계는 지속하기가 쉽지 않았다. 나쁜 의도가 있는 사람도 있었지만, 그렇지 않더라도 서로의 상황이 맞지 않을 때는 그 관계가 어색해지는 경우도 많았다. 나는 최대한 관계가 끊어지지 않기 위해 노력하였지만 늘 좋은 결과만 있는 건 아니었다. 그리고 그 마음을 준 공간만큼 작은 상처들로 채워지기 시작했다. 어떠한 관계와 상관없이 언제가 필요로 할 관계로 인해 나를 힘들게 만들고 있었다. 아니 어쩌면 수많은 만남과 헤어짐의 인간관계 속에서, 상대방에 대한 나의 기대에 상대방을 탓하며 속상해하고 있는 것일 수도 있다.

현대 사회는 불필요하게 많은 관계를 맺으며 살아가고 있다. 이러한 불필요한 관계가 때로는 나를 지치게 하지 않는지, 좋은 관계까지도 멀어지게 하지는 않는지 돌아볼 필요가 있다.

불필요한 것들은 과감하게 내려놓자

만약 너무 힘들고 내가 감당하기 어려운 상황을 맞닥뜨렸을 때 짐들을 잠시 내려놓아보자. 산티아고 라이프스타일대로 살아가더라도 과도한 업무, 힘든 상황, 나 혼자 해결하기 어려운 문제 등 내가 어찌할 수 없는 것들이 있을 것이다. 이런 문제들은 계속 바라만 보고 있어도 해결되지 않고 오히려 점점 더 커지기만 한다.

그럴 때는 잠시 내려놓고 여행을 떠나보자. 여행을 떠나기 어렵다면 하루 정도 시간을 내어, 나 홀로 걸어보자. 자연 속을 걸으면 효과는 더 좋다. 최대한 짐을 가볍게 하고 혼자만의 시간으로 만들어보자.

현재 처해 있는 문제에 대해 의식적으로 생각하지 않고 내 머릿속을 멍하게 만들어보자. 멍하니 제3자의 시선으로 외부에서 바라보자. 내가 그토록 고민하고 힘들어하는 문제들이 어쩌면 혼자만의 문제였을지도 모른다는 생각이 들 수도 있다. 만약 해결되지 않는다고 해도 조금 더 해결 가능한 아이디어가 떠오를지도 모른다.

그 문제의 무게가 너무 무거워 모든
것을 포기하고 싶을 때는 잠시
내려놓는 것도 한 방법이 된다.
잠시 내려놓은 짐 중 불필요하다고
생각하는 것은 과감하게 버려보자.
그리고 다시 조금 더 가볍게
만들어서 걸어보자. 그럼 노란
화살표를 따라가는 내 발걸음이
더욱 가볍게 느껴질 것이다.

직접 두 발로 경험하기

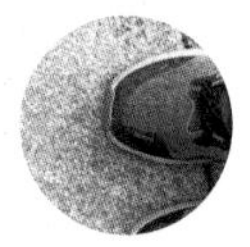

우리는 모두 자기 삶의 주인공이다. 하지만 종종 우리는 이것을 잊고 살게 된다. 그저 하루를 보내며 살아가고 내일을 바라보며 원하는 삶을 살기를 꿈꾸지만, 쉽사리 변화하지 않는다. 누군가의 삶을 동경하고 따라 하다가 결국 자신의 삶을 살아가지 못하고 타인의 삶과 비슷하게 또는 타인에게 인정받기 위한 삶을 살아간다. 우리는 사회 속에 속한 자신을 규정짓기 시작하면서 스스로 규정지어진 모습으로 살아가려 애쓰게 된다. 그러다 진정한 자신은 잊어버린 채 만들어진 나의 모습이 진짜 나라고 생각하며 더욱 그 모습을 증명하려고 노력하며 살아간다.

하지만 산티아고 순례길에서는 내가 무슨 일을 하는지, 사회적 위치나 경제력은 어떤지는 전혀 알 수 없고, 서로 묻지도 않아 그

저 나로 존재하게 된다. 길 위에서 우리는 모두 길을 걷는 순례자로서 마주한다.

산티아고 순례길은 우리가 자기 삶의 주인공이라는 것을 온몸으로 일깨워준다. 길을 걸으며 깊숙한 내면에 숨겨져 있던 진정한 나를, 길이 조금씩 조금씩 꺼내어준다. 누가 대신 걸어주지도 않고 누가 나에게 억지로 걸으라고 시키지도 않는다. 길은 그저 묵묵히 늘 그곳에 존재하는 것만으로 내가 걷지 않으면 그곳에 머물러 있는 것이고, 내가 걸으면 앞으로 나아가는 아주 간단한 원리를 깨닫게 해준다. 내가 결정하지 않고 걷지 않는다면 얻어지는 것은 아무것도 없다. 모든 것이 나에게 달려 있다. 내가 길 위에 있음을 인지하고 있어야 한다.

예를 들어 누군가 내게 하루에 30km를 대신 걸으면 그에 대한 보상을 준다고 생각해보자. 나는 그 30km를 걸으며 어떤 것을 느끼고 그 과정이 즐거울 수 있을까? 아무리 생각해보아도 보상만을 바라며 그저 힘들기만 할 뿐이다. 반대로 내게 대신 걷게 한 사람은 어떤 것을 느낄 것인가? 아무리 생각해봐도 대신 걷게 하여 스스로 얻을 수 있는 것은 아무것도 없다. 군대에서 하는 행군과 순례길의 가장 큰 차이점이 여기에 있다. 내가 스스로 목적을 가지고 걷느냐, 타인에 의해 어쩔 수 없이 걷느냐에 따라 행군도 순례길이 될 수가 있고, 순례길도 고난의 행군이 될 수 있다.

우리의 삶도 마찬가지다. 누구도 우리의 삶을 대신해줄 수는 없다. 하지만 우리는 자신도 모르게 그 누군가의 삶을 대신 살아주고 있을 수도 있다. 또는, 누군가 자신의 삶을 대신 살아주기를 바라고 있을 수도 있다. 내 삶의 길에 온전히 집중하여 빠졌을 때 삶의 진정한 의미를 조금씩 알려준다.

내 삶은 나로부터 시작되어야 한다

모든 일의 시작은 자신으로부터 시작되어야 한다. 외부의 목적에 나를 맞추어가서는 안 된다.

회사의 프로젝트가 성공하고 회사의 이익이 증가하고 회사가 성장하는 그 속에 내가 있어야 한다. 단순히 내 연봉과 직책이 올라가는 것만이 아니라 그 속에 내가 존재하고 내 행복이 있고 내 기쁨이 서려 있어야 한다. 어떤 목표를 향해 가는 과정이 힘들더라도 나 자신을 알아갈 수 있다면 헛된 것은 아니다.

하지만 아무리 성공적인 일이라고 해도 그 과정에서 나를 잃어가고 허무함이 남는다면 그것은 나의 삶이 아니라 그 누군가의 삶일지도 모른다. 그렇기에 종종 모든 것을 다 가진 것처럼 보이는 사람들이 나쁜 선택을 하기도 한다. 타인에게 보여지는 삶 또는 누군가의 기대만을 위해 살아가는 삶의 주인공은 자신이 아니기 때문이다. 모든 것은 과정 안에 내가 있고 나로부터 시작되어야 한다. 그래야 그것이 나의 삶이다.

내가 내 삶의 주인공이 되기 위해서는 내가 나의 삶 속에 온전히 존재함을 알아차리고 내가 선택한 것을 직접 경험하기를 바란다. 직접 해보며 경험하는 것은 성공과 실패를 떠나서 온전히 나에게 남는다.

내가 해보지 않고 생각만 하여 유튜브나 책을 통해 들여다보기만 해서는 절대 알아차릴 수 없다. 다소 느리더라도, 어리석어 보이더라도, 넘어지고 실패하더라도 도전하고 경험해야 한다. 그래야 나를 알게 되고 내 삶의 방향을 알게 되고 내가 그 삶의 주인공이 되어 살아가게 된다. 매일 걸으며 온전히 내가 길 위에 존재함을 알아차릴 때 비로소 내가 주인공임을 알게 된다.

내가 내 삶의 주인공이 되기
위해서는 내가 나의 삶 속에 온전히
존재함을 알아차리고 내가 선택한
것을 직접 경험하기를 바란다.
직접 해보며 경험하는 것은 성공과
실패를 떠나서 온전히 나에게
남는다.

PONTEVEDRA
VIA ROMANA XIX

내 체력에 따라 쉬었다

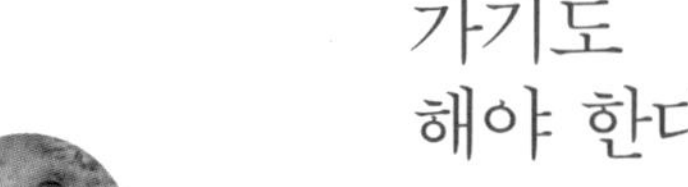

산티아고 순례길로 떠나기 전에 많은 분이 카페알베르게에 방문하셔서 걱정스러운 마음으로 "저도 잘 걸을 수 있을까요?"라고 물어보면 다음과 같이 대답해준다.

"잘 걸을 수 있습니다. 다만 자신의 체력을 잘 알고 욕심내지 않으시면 됩니다. 먼저 걷는 연습을 조금씩 하시고 순례길과 같이 하루에 20km 정도를 걸어보세요. 20km 정도를 걸으셨을 때 크게 문제가 없으시다면 실제 순례길에 메고 갈 배낭에 짐을 넣고 걸어보세요.

만약 물집이 잡히거나 무릎이나 발목이 아프다면 분명히 순례길을 걸으실 때도 그곳이 아플 겁니다. 그럼 배낭의 무게를 줄이거나 하루의 걷는 구간을 조정하면서 걸으면 됩니다. 스틱을 사용하거나 스포츠 테이핑을 하는 것도 큰 도움이 됩니다. 처음에는 내 체력에 맞게 걷다가 약 일주일 정도 걸으면 오히려 체력도 늘어나고 배낭의 무게도 최적화가 되어 더 많이 걸을 수 있을 겁니다. 무리하지 말고 조금이라도 아프면 꼭 쉬었다 가며 욕심을 내면 안 됩니다. 내 몸의 소리에 귀 기울여 들어보세요."

처음 산티아고 순례길을 걸을 때 나도 같은 질문을 스스로 던졌었다. 과연 내가 이 800km를 다 걸을 수 있을까? 나는 군대를 막 전역한 시점이어서 내 체력에 자신이 있었다. 하지만 3일 만에 물집이 잡히고 또 잡혀서 한 걸음 내디딜 때마다 바늘로 찌르는 듯한 고통을 느꼈다. 어리석게도 급하게 아버지 등산화를 빌려 신고 왔는데 한여름에 겨울 등산화를 신고 온 것도 한몫하였다.

산티아고 데 콤포스텔라에 도착하기 약 150km 지점부터는 무릎의 통증이 너무 심해 도저히 걸을 수가 없는 상태였다. 그런데도 진통제를 몇 알씩 먹으면서 쉬지 않고 남은 구간을 다 걸었다. 진통제를 과다 복용해서 그런지 며칠 동안 음식을 먹으면 다 게워내거나 설사를 하였다.

그리고 산티아고에 도착하기 하루 전 몸에 두드러기 같은 것이 난 것을 확인했는데 약국에 가니 처방전이 없으면 약을 줄 수 없다고 했다. 다행히 스페인 친구들의 도움을 받아 응급실에 가서 진료를 받았는데 빨리 약을 먹지 않으면 큰일 난다며 내게 주의하라고 했다. 한국에 와서야 그것이 대상포진이었음을 알 수 있었는데, 대상포진은 48시간 이내에 항바이러스제를 먹어야만 하고 72시간 이내에 치료제를 투여하지 않으면 큰 합병증을 유발

할 수 있다고 했다.

만약 그때 함께 걸었던 스페인 친구 다니엘과 호세가 병원에 가주지 않았다면 나는 더 큰일이 벌어졌을 수도 있었다. 하늘이 도우셨다고밖에 생각이 들지 않았다. 이토록 내 체력만 믿고 걷다가 30일 이내에 꼭 완주해야 한다는 생각만 가지고 몸의 경고를 무시하였다.

내가 감당할 수 있는 체력의 한계도 모른 채 첫 번째 산티아고 순례길을 걸었다. 3번의 순례길을 걸어보니 내 체력은 하루 20~25km가 딱 적당하였다. 배낭의 무게 역시 10kg 이하가 내가 감당하기에 적당한 무게다. 이 무게 이상이 벗어나면 물집이 잡히거나 무릎과 발목에 통증이 오기 시작했다.

그리고 주변에 보면 대부분 15km 정도는 체력과 크게 상관없이 다 잘 걷는 듯하였다. 대략 18km~20km 지점부터 나이나 체력에 따라 힘든 사람도 있고 몸에 무리가 가는 사람들도 있다. 산티아고 순례길에서 만난 한 친구는 하루에 30km 이상을 걷는다고 하였다. 어떤 날은 40km도 걷는다고 하였다. 그 친구의 이야기를 들어보니 축구선수를 하다가 십자인대 파열로 선수 생활을 더 할 수 없어서 고민하던 차에 이곳 산티아고 순례길에 왔다고 하였다. 자신의 체력을 시험하고 싶다던 그 친구는 이미 많은 훈련을 통해 체력과 근력이 좋은 상태였기 때문에 30km 이상을 걸어도 문제가 없었다. 하지만 누군가가 그 친구를 따라서 걸었다면 아마 나와 같이 진통제를 먹다가 병원에 실려 갔을 수도 있을 것이다.

내 몸의 소리에 귀 기울이기

어쩌면 삶에서도 내 체력을 모르고 내 몸의 소리에 귀 기울여 듣지 못하여 아프거나 힘든 것일지도 모르겠다. 나는 체력이 썩 좋은 편은 아닌데 책임감과 욕심 때문에 무리를 하는 경우가 많았다. 회사 다닐 때는 일을 끝마치기 위해 매일같이 야근하며 하루 12시간 이상을 일했다. 가끔 일찍 퇴근하거나 주말에 쉴 때면 스트레스를 푼다고 어김없이 술을 많이 마셨다. 회사를 그만두고 내가 하고 싶은 일을 할 때도 매일 밤늦게까지 일하고 또다시 아침에 일어나 부족한 것을 하거나 공부하러 다녔다. 그런 생활이 쌓이면서 내 체력에는 한계가 왔고 집에는 약봉지가 늘 쌓여 있었다.

이 책을 집필하면서도 두 달 동안 목이 아팠는데 평소에도 목이 자주 아팠던 터라 갑자기 늘어난 업무와 지원 사업, 외부 일정으로 인해 동네 병원에 한 번 방문한 뒤 내버려 두었다. 한 달 후 바쁜 일정이 끝나고 통증이 없어지질 않아서 다시 처음 방문했던 병원에 방문하여 내시경 검사를 했다. 다시 환부를 본 의사는 얼른 큰 병원으로 가보는 게 좋겠다며 리셉션에서 전화로 대학병원 예약을 잡아주었다. 암으로 보이니 빨리 예약을 잡아달라고 하였다. '내가 잘못 들었나?' 병원에서 나와 진료의뢰서를 다시 펼쳐보니 영어로 적힌 병명 중 "cancer"라고 적혀 있는 것이 보였다. 처음에는 '잘못 봤을 거야'라고 생각했지만, 점점 더 안 좋은 생각이 들면서 불안에 휩싸였다.

대학병원에서는 1차 병원에서 잘 봐주신 것 같다며 CT 촬영과 피검사 등 몇 가지 검사를 더 해보고 일단 약물치료를 통해 호전되는지 살펴보자고 하였다. 일단 환부 상태가 좋지는 않지만, 나이가 젊고 생활습관이 나쁘지 않아 치료를 먼저 해보자고 하였다. 그리고 약 한 달간 경과를 지켜보며 약물치료를 하였고 다행히 환부가 호전되는 양상을 보여 최종적으로는 암이 아닌 것 같다는 판정을 받았다.

이 치료 기간 내내 나는 불안과 두려움에 하루하루가 힘들었다. 나 혼자의 몸이면 치료받으면 되겠지 생각했을 수도 있을 텐데 이제 가정이 있고 아이가 있으니 더욱 두려움이 컸다. 산티아고 순례길을 걸을 때도, 세상을 살아갈 때도 의지만으로는 안 될 때가 있다. 하지만 사회는 더 노력해야 한다, 더 열심히 해야 한다, 그래야 성공할 수 있다고 말하며 우리를 다그친다.

나 역시 아내와 함께 창업한 후에 아내에게 수없이 더 노력해야 한다고 말했다. 하지만 우리의 실력이 먼저 키워지기 전에 다

그치고 재촉해도 그것을 해낼 수 있는 실력이 길러지지 않는다면 결국에 몸이나 마음에 병을 키우게 된다. 주변의 지인 중에서도 무리하게 일을 하면서 번아웃 증후군을 겪거나 불면증에 시달리는 경우를 많이 보았다.

행복하기 위해서는 필수적으로 건강이 우선이 되어야 한다. 건강을 잃기 전에 내 체력과 한계를 알아야 한다. 여기서 체력은 단순히 육체적 체력만을 말하는 것은 아니다. 내가 가진 실력, 평소의 생활습관, 지식, 경험 등 목표를 향해 나아갈 때 필요한 모든 것을 말한다. 산티아고 순례길로 비유하면 하루에 10km 가는 체력을 20km 갈 수 있도록 키워야 한다. 그리고 20km를 걸으면 배낭을 메고 걸을 수 있도록 연습해야 한다. 그렇게 내 체력을 한 단계씩 키워나가다 보면 어느새 배낭을 메고 하루에 25km씩 거뜬하게 걸어가는 나를 발견할 수 있다.

내가 가진 체력과 속도로 매일 걷는 연습을 하자. 아프기 전에, 더는 지쳐서 다시 일어설 힘조차 남지 않기 전에 자신의 몸과 마음의 소리에 귀를 기울여보자. 산티아고 순례길을 중도 포기한 사람 대부분은 내 몸의 소리를 듣지 않고 남을 따라서 무리하게 걷다가 더는 걷지 못하고 돌아오는 경우가 가장 많았다.

성공도 좋지만, 건강을 해친다면 그 성공이 어떤 의미가 있을 것인가? 빨리 간다고 행복한 것도 아니며 늦게 간다고 항상 불행한 것도 아니다.

내가 가진 체력과 속도로 매일 걷는 연습을 하자. 아프기 전에, 더는 지쳐서 다시 일어설 힘조차 남지 않기 전에 자신의 몸과 마음의 소리에 귀를 기울여보자.
산티아고 순례길을 중도 포기한 사람 대부분은 내 몸의 소리를 듣지 않고 남을 따라서 무리하게 걷다가 더는 걷지 못하고 돌아오는 경우가 가장 많았다.

행복과 삶의 기적은 늘 존재하다

산티아고 라이프스타일 법칙 4

_알아차림

산티아고 순례길의 하루

산티아고 순례길의 하루는 매우 단순하게 반복된다. 동이 트기엔 조금 이른 아침, 아직 깨지 않은 다른 순례자들의 숨소리를 들으며 눈을 떠서 조용히 침낭을 말아 배낭 속에 넣는다. 간단히 세수와 양치를 하고 길을 떠날 준비를 한다. 가끔 순례자들을 위해 오스피탈레로가 준비해준 빵과 커피로 아침을 먹는 기분 좋은 날도 있다. 출발 전 다시 한번 신발 끈을 동여매고 당일 걸을 코스를 훑어본다.

아직 해가 뜨기 전이라 어둑어둑한 길을 밝혀주는 시골의 주황색 가로등 빛에 의존하여 길을 나선다. 한 시간쯤 걸으면 조금씩 날이 밝아지기 시작하고 떠오르는 태양이 아직 파래지기 전의 하늘을 붉게 물들인다. 매일 아침 붉게 타오르는 일출을 맞이

하면 나도 모르게 잠시 멈추어 멍하니 바라본다. 아침 햇살은 나를 밝게 비추며, 아직 서늘한 공기와 내 몸을 따뜻하게 데워준다. 붉게 타오르는 일출을 바라보며 따뜻해지는 내 몸의 기운을 느끼면 나도 모르게 내 안에 잠들어 있던 행복이 깊은 곳에서부터 온몸으로 퍼지기 시작한다.

아침에 2시간 정도 걷다 작은 마을이 나오면 카페에 앉아 카페 콘 레체 한잔과 토르티야 데 파타타(감자가 들어간 스페인식 오믈렛)를 주문해 아침을 먹으며 잠시 휴식을 취한다. 커피 한잔과 함께 아침을 먹으며 쉬다 보면 어제 함께 알베르게에 머물렀던 순례자 친구들도 내 옆에 앉아 커피를 주문하고 함께 휴식한다. 잠은 잘 잤는지, 컨디션은 괜찮은지, 어디까지 가는지…. 매일 시시콜콜한 대화를 나누는데도 늘 웃음이 끊이지 않는다.

갈 길이 멀기에 너무 오래 쉬지 않고 다시 길을 걷는다. 대화를 나누었던 순례자들과 함께 걷기도 하고 혼자 걷기도 한다. 나란히 걷기도 하고 앞뒤로 걷기도 한다. 서로의 길에 방해가 되지 않도록 배려하며 조용히 걷기도 하고 음악을 듣기도 하며, 풍경을 바라보기도 하고, 아무 생각 없이 앞에 걷는 순례자의 쉼 없이 움직이는 발을 보며 따라 걷기도 한다.

한낮이 되면 뜨거운 햇볕에 이마와 등이 땀으로 흠뻑 젖는다. 4시간 이상 걸으니 다리도 아프고 어깨도 아프기 시작한다. 그럴 때 또 작은 마을이 나오고 마을에는 어김없이 작은 바르(bar)가 기다리고 있다. 참새가 방앗간을 지나치지 못하듯 순례자들은 바르를 지나치지 못한다. 땀을 식히며 배낭을 내려놓고 레몬이 들

어간 콜라 한 잔을 시킨다. 이때쯤부터는 잔에 이슬이 맺힌 시원한 생맥주를 시키기도 한다. 시원한 콜라와 맥주의 탄산이 목을 타고 넘어가는 순간 이미 나는 이곳이 천국임을 깨닫게 된다.

몸과 마음의 휴식처 알베르게

이른 아침부터 걷기 시작하여 보통 3시나 4시 정도에는 그날의 목적지인 마을에 도착한다. 마을에 도착하면 먼저 알베르게를 찾아 체크인하고 잠자리를 배정받는다. 보통 알베르게는 2층 침대로 되어 있는데 젊은 사람들을 2층으로 먼저 배정하고 나이 드신 분들이나 몸이 불편한 분들을 1층으로 배정해준다. 그런데 한번에 순례자들이 몰려와 어쩌다 1층에 배정받게 되면 그것이 또 그렇게 기쁠 수가 없다. 2층은 화장실 갈 때도, 배낭에서 물건 하나 꺼낼 때도 불편한 계단을 통해 다녀야 하기 때문이다.

심지어 어떤 곳은 2층을 올라가는 계단조차 없는 때도 있다. 잠자리를 배정받고 나면 하루의 피로를 말끔하게 씻어줄 샤워시간이다. 땀을 많이 흘려서 시원한 물로 씻어도 좋고, 따뜻한 물로 피로를 풀어주는 것도 좋다. 알베르게의 오후 시간은 여유로운 휴식 시간이다. 어떤 순례자는 낮잠을 자기도 하고, 어떤 순례자는 마을을 돌아보기도 하고, 어떤 순례자는 침대에 누워 책이나 휴대폰을 보며 휴식을 취하기도 한다. 하루 중 가장 여유로운 시간이다.

6시쯤이 되면 저녁을 먹는다. 마을 내에 있는 식당에서는 순례자 메뉴를 판매하는데, 단돈 10유로에 애피타이저부터 메인 요리 그리고 와인까지 먹을 수 있다. 나는 순례자들과 함께 알베르게에 있는 주방에서 저녁을 해서 먹는 것이 더 즐겁다. 각 나라에서 온 순례자들은 저마다 자신의 요리를 준비한다. 메인요리를 하는 순례자를 도와 요리 보조를 하는 순례자, 식재료를 준비하는 순례자, 설거지하는 순례자 등 다 함께 저녁을 준비한다.

그리고 근사한 저녁이 준비되면 저렴하지만 맛있는 스페인 와인과 함께 다 같이 저녁 식사를 한다. 언어가 통하지 않아도 이상하게 대화가 이루어지는 행복한 시간이다. 그렇게 순례자들은 밥을 함께 먹음으로써 식구(食口)가 된다.

같은 일상을 반복하며 사는 우리의 하루처럼, 산티아고 순례길의 하루 역시 특별한 것 없이 걷고 걸으며 단순하게 돌아간다. 하지만 이 단순한 하루의 반복 속에 숨겨진 즐거움들이 있다.

단순한 삶이 주는 즐거움

새벽녘 코끝을 스치는 상쾌한 공기, 매일 아침 떠오르는 붉은 일출, 걷느라 고생한 발을 쉬게 하며 마시는 커피 한잔, 걸으며 만나는 수많은 풍경, 갈증을 해소해주는 시원한 음료 한 잔, 여유 있는 오후의 휴식시간, 이해 관계없이 서로를 응원하는 순례자들 그리고 무엇보다 매일 나를 마주하는 시간 속에서 느껴보지 못했던 행복을 경험하게 된다. 그동안 알지 못했던 자연과 일상 속에 숨겨져 있던 즐거움이다. 늘 시간을 잘 사용해야 하고, 무엇이라도 이루어야 하는 삶을 살아야 한다며 우리의 삶은 이런 여유를 허락하지 않았다.

삶이 이렇게 복잡해지기 시작한 것은 언제부터였을까? 하고 싶은 일 대신 하고 싶지 않은 일을 먼저 해야 하고, 좋아하는 일을 하기 위해서는 좋아하지 않은 일을 먼저 해야 하는 것은 언제부터였을까? 순례길이 언제인지 기억도 나지 않은 시절 이후 처음으로 나를 단순하게 살게 한 덕분에 나는, 나를 향해, 내 삶을 향해 질문을 던진다. 이렇게 단순한 삶이 나에게 즐거움을 줄 것이라고는 생각해보지 못했다. 이러한 단순한 반복이 즐거움을 주는 이유는 무엇일까?

우리의 일상도 단순히 반복된다. 아침에 일어나 출근준비를 하고 회사에 출근하고 일하고 퇴근한다. 하지만 우리는 이러한 형태의 단순 반복에서는 즐거움을 느끼지 않는다. 그 이유는 행동의 주체가 어디에 있느냐에 있다. 내가 주체가 되어서 하는 행동과 외부의 요인에 의해 해야만 하는 행동에는 분명한 차이가 있다.

그 차이를 모를 때 우리는 내가 아닌 외부 요인을 만족하게 하려고 노력하게 되고, 가시적 행복을 좇는 것에 중독이 된다. 그러면서 삶은 더 복잡해진다.

처음에는 필요한 것을 샀지만, 어느 순간부터 그보다 더 좋은 것, 더 비싼 것을 사야 만족할 수 있게 된다. 행복하기 위해 필요하지 않은 물건을 사고, 성공하기 위해 이해관계가 얽힌 인간관계를 맺어야 했다. 하루의 시작이 불확실성과 채워야 할 것들로 가득 차서 얽히고설킨 실타래를 푸는 것에 집중하다 보니 나도 모르게 나를 잃어가기 시작했다.

산티아고 순례길을 걷는 단순한 일상은 나를 가득 채웠던 복잡한 삶을 비워내고 가려져 있던 나를 드러낸다. 내가 주체가 되는 단순한 삶은 나로 나를 채울 수 있게 한다.

비로소 발견한

행복

행복은 과연 무엇일까? 행복은 어디에 존재하는 것일까?

나는 행복을 찾기 위해 목표로 했던 삼성전자에 들어가 밤낮없이 일하며 돈도 모아봤고, 캐나다 워킹홀리데이를 떠나 영어도 배우고 현지 회사도 다녀봤다. 아내와 함께 어릴 적부터 꿈꾸었던 배낭여행을 떠나 6대륙 32개국 82개 도시를 다니며 다른 문화의 사람들은 어떻게 살아가는지도 바라보았다. 행복하긴 했다. 하지만 그 행복은 어느 순간 사라져버렸기에 나는 또다시 행복을 좇는 일을 반복해야 했다. 행복은 늘 가까이 있는 듯하면서도 결코 손에 잡히지 않았다.

행복은 한자어로, '다행 행(幸)'과 '복 복(福)'으로 이루어져 있다. 다행 행(幸)은 행운의 뜻과 다행이라는 안도의 뜻이 담겨 있다. 복 복(福)은 보일 시(示)와 가득할 복(畐)이 합쳐진 상태로, '가득 차 보인다' 정도로 해석할 수 있다. 즉, 행복은 행운이 가득 차 보여 다행인 상태로 해석할 수 있다. 영어의 happiness는 happen이라는 단어에서 유래되었는데, happen은 hap을 동사 형태로 변환하기 위해 -en을 붙여서 만들어졌다. happiness의 어원은 hap으로 '우연, 운'이라는 뜻이다. 이를 종합해보면 영어로도 happiness에는 '우연과 운이 발생하다'라는 뜻이 담겨 있다.

아리스토텔레스는 "인간의 고유한 기능이 덕에 따라 탁월하게 발휘되는 영혼의 활동을 통해 좋은 상태 중 최상의 좋음"을 행복(eudaimonia)이라고 표현하였다. 즉, 행복을 삶의 궁극적인 목표로 보았다. 스토아학파에서는 금욕주의를 내세우며 자신을 절제하고 그 속에서 평안함을 느끼며 선을 추구하는 것이 행복이라 했고, 에피쿠로스학파에서는 쾌락주의를 내세우며 삶 속에서 즐거움을 느끼는 것이 행복이라고 했다.

《행복의 기원》의 저자인 서은국 교수님은 인간은 생존하기 위해 행복을 느낀다고 말했다. 책의 내용에 따르면 인간의 뇌는 동전 탐지기와 같이 생존하기 위해 행복을 느끼고, 공동체 안에서 사람들과 함께하며 긍정적 감정을 느낄 때 행복하다고 했다. 최인철 교수님은《아주 보통의 행복》이라는 책에서 "행복은 존중, 성장, 유능, 지지, 자유와 같은 내면의 욕구에 의해 결정된다"라고 하였다.

결론적으로 '행복'은 몇 천 년 동안 수많은 사람이 연구했지만 한 가지로 정의되지 못했다. 행복은 다양한 조건 속에서 발동하는 경험의 복합체다. 그렇기에 내가 11년 동안 찾아 헤맸던 행복은 어디에도 존재하지 않았던 것이다. 내가 행복하기 위해 목표로 했던 것을 취한다고 해도 행복은 까다로운 특정 조건에서만 발동되기 때문에 행복하다 느낄 수 있는 시간은 잠시뿐이었고, 나는 또다시 행복을 좇아 헤매야 했다. 그럼 우리는 행복할 수 없는 것일까?

행복은 목적지로 가는 과정 속에 존재했다

설레는 마음으로 처음 산티아고 순례길에 발을 떼고 난 후 30일 동안 매일 걸어서 드디어 첫 산티아고 데 콤포스텔라에 도착하였다. 산티아고 데 콤포스텔라에 도착하기 하루 전만 해도 내일 드디어 끝이 난다는 설렘과 기대감으로 가득하였다. 그렇게 마지막 날 산티아고 데 콤포스텔라에 도착하여 대성당 앞에 선 나를 마주하며 나는 아무 감정도 들지 않는 것을 느꼈다. 엄청난 희열과 감동으로 눈물이 흘러내릴 것으로 생각했지만 그저 담담한 마음뿐이었다.

'이제 끝인가?' '이제 더는 걷지 않아도 되는 것일까?' '나는 이 대성당을 보려고 힘겹게 걸어온 것일까?' 그러다 문득 한 가지 생각이 떠올랐다. '나는 이미 이곳에 온 목적을 달성했구나!'

나는 이곳에 산티아고 대성당을 보러 온 것도 아니었고, 산티아고 데 콤포스텔라에 도착하기 위해 온 것도 아니었다. 나는 길 위에서 나를 찾고 나를 돌아보고 내 삶의 목적을 찾기 위해 왔던 것이었다. 그 과정에서 충분히 행복했고 충분히 치유받았고 내 삶의 목적과 깨달음을 얻었다.

행복은 목적지에 도착했다고 있는 것이 아니라 목적지를 향해 가는 과정에 이미 존재하고 있었다.

나는 가장 행복한 삶에 가까운 삶을 산티아고 순례길에서의 삶이라 생각했다. 산티아고 성인의 죽음 이후에는 콤포스텔라에 있는 그의 무덤을 향해 걸으며 매년 수십만 명의 사람들이 자신을 찾는 여정을 떠난다. 오래전에는 주로 종교적인 목적으로 찾았지만, 현재는 종교 유무를 떠나 자신을 찾기 위한 길로 많이 온다. 순례길 위의 사람들은 자신을 돌아보고 삶을 돌아보며 매일 걷는다. 이곳에서 수많은 사람과 만나고 헤어지며 사람과의 관계를 돌아본다. 길을 걸으며 힘듦과 고통 속에서 기쁨을 발견하고 어느덧 자신도 모르게 행복해진다.

산티아고 순례길을 다녀온 순례자들에게 설문조사를 진행한 결과 나뿐만 아니라 산티아고 순례길을 다녀온 사람들은 확실하게 많은 행복과 삶의 변화를 느낀다는 것을 확인할 수 있었다.

산티아고 순례길을 다녀온 후 행복에 대한 변화가 있었나요?

매우 행복하게 변했다 35.3%

가기 전보다 행복해졌다 44.1%

변함없다 7.4%

기타: 가기 전에도 다녀온 후에도 행복하다. 행복한 마음을 가

질 수 있는 동기 부여가 되었다. 더욱 견고하게 행복론을 지니게 되었다.

행복해졌다고 답한 비율 90%(기타 내용 중 행복에 긍정적으로 답한 비율 포함)

산티아고 순례길을 다녀온 후 자신의 삶에 변화가 있었나요?

삶이 매우 변하였다 38.2%
삶이 다소 변하였다 48.5%
처음에는 변화였으나 곧 이전과 같아졌다 5.9%
크게 변화가 없었다 7.4%

삶이 변화했다고 답한 비율 92.6%

산티아고 순례길을 또다시 가고 싶으신가요?

예 100%

힘든 여정에도 불구하고 수천 년 동안 수많은 사람이 끊임없이 산티아고 순례길을 걷는 것에는 분명히 어떤 의미가 담겨 있는 것을 증명한다. 나는 처음 이곳을 걷고 난 후 산티아고 순례길 위의 삶처럼 살아가려 노력하게 되었다. 힘들고 고된 길 위에서 진짜 나를 마주하고 알아가며 '나'답게 살아가는 법을 깨달았고 비로소 진정한 행복을 발견했기 때문이다.

주) 해당 설문조사의 비율은 20대가 41.2%, 30대가 35.3%로 주로 청년들을 대상으로 진행되었다. 행복과 삶에 대한 관점이 어떻게 변하였는지에 대한 대답을 작성해준 분들의 답변을 보니 주로 긍정, 감사함, 여유, 용기, 자신을 알게 됨 등이 많이 보였다. 실제로 그동안 순례자들과의 대화와 이 책을 쓰면서 전해주고 싶은 메시지와도 많이 일치하는 것을 발견할 수 있었다. 무엇보다 중요한 것은 어떤 변화와 상관없이 설문에 참여한 모든 순례자는 산티아고 순례길을 다시 가고 싶다는 것이었다.

행복은 목적지에 도착했다고 있는
것이 아니라 목적지를 향해 가는
과정에 이미 존재하고 있었다.

알아차려야 하는 행복의 순간

나는 순례길을 걸은 네 번의 여정을 통해 행복은 외부에서 오는 성과의 산물이 아닌, 성과를 향해 나아가는 과정의 내부에서 발생하는 감정이라는 것을 알게 되었다. 그렇게 정의하고 나니 어린 시절 큰 성과 없이, 비싼 물건 없이도 하루하루가 즐겁고 행복했던 것이 이해가 되었다. 또한, 행복은 내가 현재 가지고 있지 못한 결핍이 채워지는 순간에 느낄 수 있다. 행복을 느끼는 순간을 조금 더 이해하기 쉽게 에이브러햄 매슬로우의 5단계 욕구 법칙을 따라 생각해보았다.

1단계 생존의 욕구: 잘 먹고 잘 자고 잘 싸자

우리는 배가 고플 때 음식을 먹으면 행복한 느낌을 받는다. 며칠 동안 일하느라 공부하느라 잠을 못 잔 후 깊은 잠을 잘 때도 행복을 느낀다. 배가 아플 때 어떤 이유로 참고 참다가 화장실에 갔을 때도 행복을 느낀다. 하지만 우리는 이러한 것들을 매일 느끼면서도 행복하다고 말하지 않는다. 그 이유는 이런 생존 욕구의 대부분은 쉬이 충족할 수 있기 때문이다.

2단계 안전의 욕구: 늘 안전함을 원한다

우리는 비교적 충분히 안전한 시대에 살고 있다. 원시시대처럼 사냥하며 동물에게 위협을 당할 일도 없고 할아버지 시대처럼 전쟁을 직접 경험하고 있지 않으며 아버지 시대처럼 먹지 못해 죽을 걱정도 하지 않는다. 대신, 건강이나 재산에 대한 안전을 위협받는다. 그러므로 아주 심한 병에 걸렸다가 회복한 사람이나, 가진 재산을 모두 잃었다가 재기한 사람만이 이런 곳에서 행복을 느끼고 경험한다. 우리는 매일 느낄 수 있지만 늘 모자람이 없는 경우, 마치 숨 쉴 때 산소의 소중함을 느끼지 못하는 것처럼 일상의 소소한 행복을 느끼지 못하고 다음 단계의 행복을 얻으려고 한다.

3단계 사회적 욕구: 함께 관계 속에 살아간다

우리는 혼자 살아갈 수 없고 공동체 생활을 하기에 늘 타인과의 관계 속에서 살며, 그 관계 속에서 자신의 가치를 알아낼 수가 있다. 이 세상에 혼자 있다면 나를 평가하는 것도, 내가 어떤 사람인지 아는 것도 불가능하다. 우리는 늘 공동체 속에서 살며 좋은 친구를 사귀고 타인에게서 사랑을 받을 때 행복을 느낀다.

3단계부터는 타인의 관계가 영향을 미치기 때문에 결핍이 채워지지 못하면 우리는 스트레스를 받게 된다. 관계 속에서 발생하는 결핍의 경우 기존 단계보다 복잡하고 더욱 채우기가 쉽지 않기 때문에 이 결핍을 채우지 못한 채, 채우고자 하는 욕구가 계속되면 우리는 행복하지 않다고 느낀다. 상사와의 갈등, 사회 속에서 인정받지 못하는 상황, 사랑을 받지 못하는 경우 등이 발생하면 1단계, 2단계 욕구가 채워지며 느끼는 행복의 감정보다 3단계에서 얻지 못하는 불행의 감정이 더 크게 작용한다.

4단계 자아존중의 욕구: 인정받고 싶다

4단계 자아존중 욕구의 경우 타인에게서 인정받고 자신의 존재가치를 내세우고자 하는 단계다. 이 단계에서는 결핍이 생긴다고 해도 크게 살아가는 것에 문제가 되지 않지만, 지나치게 발생하면 인정받기만을 위한 행복을 향해 나아가게 된다. 즉, 사회에서 누구보다 성공하는 것, 기대 이상의 부를 축적하여 존경을 받는 것 등이 행복의 조건이 될 수 있다.

물론 이러한 행복 역시 충분히 가치 있을 수 있지만 그렇다고 이전 단계의 행복보다 더 큰 행복의 감정을 준다는 것을 보장할 수는 없다. 오히려 건강과 관계 등을 잃거나 놓칠 수도 있다. 김주환 교수님의 저서 《회복 탄력성》에 따르면 큰 보상이나 성과를 이루었다고 해도 순간적으로 행복을 더 크게 느낄 수는 있지만, 일정 시간이 지나면 빠르게 다시 그 이전 상태로 돌아가 행복의 평균 수준을 이루게 된다고 한다.

5단계 자아실현의 욕구: 삶의 궁극적인 가치 실현을 원한다

마지막으로 자아실현의 욕구는 어쩌면 우리가 모두 생각하고 아리스토텔레스가 말한 궁극적인 행복한 상태일 수도 있다. 앞서 말한 바와 같이 행복은 복잡한 상황에서 발생하고 주관적이기 때문에 그 비교우위를 가릴 수는 없다. 다만 보편적으로 사람들은 위와 같이 기본적인 결핍을 해소하면서 더 높은 단계의 욕구를 추구하고 그 과정에서 행복도 불행도 발생하게 된다. 그래서 무엇이든 조금 더 객관적으로 바라보고, 행복한 방향의 주관적 해석을 추가한다면 충분히 행복할 수 있다.

산티아고 라이프스타일은 모든 단계에서 발생하는 순간의 행복을 느끼고 알아차리며 즐기면서 살아가는 것에 있다. 처음에는 쉽지 않고, 연습을 통해 익숙해진다고 해도 쉽게 다시 놓칠 수 있다.

이러한 삶의 방식을 유지하기 위해서는 균형이 매우 중요하다. 일과 가정의 균형, 욕심과 열정의 균형, 성공과 일상의 균형, 나와 타인의 관계에 대한 균형 등에 대해 한번 생각해보자. 자신이 언제 행복을 느끼는지 잘 알아보고 그 행복을 놓치지 않게 산티아고 라이프스타일로 살아가며 삶 속에서 균형을 잡는 연습을 해보도록 하자.

산티아고 라이프스타일은 모든 단계에서 발생하는 순간의 행복을 느끼고 알아차리며 즐기면서 살아가는 것에 있다. 처음에는 쉽지 않고, 연습을 통해 익숙해진다고 해도 쉽게 다시 놓칠 수 있다. 이러한 삶의 방식을 유지하기 위해서는 균형이 매우 중요하다.

일상 속에 숨겨진 행복의 스위치

나는 처음에 삼성 입사를 행복의 조건으로 생각했다. 삼성에 입사해서 사회적 욕구와 자아존중의 욕구를 달성하고 행복하길 원했지만, 회사 생활의 경쟁과 타인에게 인정받기 위한 과도한 욕구로 인해 행복하지 않은 감정이 더욱 크게 지배하면서 삶이 만족스럽지 않았다. 퇴사 후에는 여행을 통해 자주 행복했으나 궁극적으로 사회적 욕구에 대한 만족이 없는 불안정한 행복이었기에 불안한 감정도 공존했다. 내가 하고 싶은 일을 하는 것은 자아를 실현할 수 있어 행복했지만, 불안정한 경제 활동으로 인해 생존 및 안전의 욕구에 결핍이 생기며 지속 가능한 행복을 만들지 못했다.

이러한 상황들 때문에 늘 행복이 잡힐 듯 잡히지 않았던 것이었다. 그리고 산티아고 순례길을 걸으며 소소한 행복을 다시 경험하게 되고, 이 길에서 만난 사람들과 소통하는 과정에서 나를 알게 되고, 자아실현과 가치 있는 삶에 대한 행복을 생각해보게 될 수 있었다. 결론적으로 우리는 늘 결핍을 채우는 형태로 삶을 살아가게 되고 그 결핍을 채울 때 느껴지는 감정에 충실하다면 충분히 행복할 수 있다. 행복을 느낄 수 있는 순간, 스위치를 온(ON) 시켜 느껴야 한다.

예전에 이것을 알기 전에는 행복하기 위해 오랜 시간을 노력해야 했다. 회사에 들어가기 위해 노력해야 했고, 더 성공하기 위해 노력해야 했고, 회사에서 인정받기 위해 노력해야 했고, 사회적으로 성공한 사람과의 관계를 맺기 위해 노력해야 했다. 이런 노력 끝에 행복이 있다고 생각했기에 그 과정에서 발생하는 행복을 느낄 수가 없었다. 대신에 행복을 보상받기 위해 값비싼 물건을 사거나 술을 마시는 방식으로 행복을 느끼려고 했다.

하지만 행복은 감정이라는 것을 알고, 행복은 늘 존재한다는 것을 깨닫고 난 후에는 외적 보상에서 오는 행복 대신 낮은 단계의 결핍을 채우는 순간의 감정에 스위치를 온(ON) 하는 것만으로도 충분히 경험할 수 있는 내적인 행복을 찾아내고 있다. 잠시 눈을 감고 내 하루를 떠올려보자. 그리고 그 기억 속에 즐거웠던 순간, 평온했던 순간, 미소 지었던 순간을 찾아 자신의 행복한 스위치를 온(ON) 시켜보자.

내가 느끼는 행복한 순간들

· 아침에 일어나 아이와 가족에게 하는 굿모닝 인사
· 아침 산책을 하며 느껴지는 맑고 상쾌한 공기와 자연의 소리
· 아침에 커피 한잔하며 잠시 멍하니 있을 수 있는 여유
· 서로 신뢰하고 응원하는 동료들과 함께할 수 있는 일을 하는 것
· 오늘 먹고 싶은 음식을 맛있게 먹을 수 있는 건강함
· 아이가 좋아하는 아이스크림과 선물을 고민하지 않고 사줄 수 있는 경제력
· 내가 좋아하는 일이자 누군가에게 기쁨을 줄 수 있는 일을 하는 것
· 내가 쉬고 싶을 때 욕심내지 않고 쉴 수 있는 용기와 환경
· 퇴근 후 하루의 일과를 마치고 따듯한 물로 하는 샤워
· 좋은 사람들과 서로의 고민을 나누고 기쁨을 함께할 수 있는 대화의 시간
· 무엇보다 우리 가족이 함께 장난치고 산책하고 여행하며 웃는 시간

또한, 나는 카페알베르게에서 수많은 손님과 순례자들을 맞이하며 행복을 느끼고 있다. 카페알베르게에서 산티아고 순례길을 느끼고 경험시켜주자는 생각으로 스페인에서 사온 잔에 스페인식 커피를 내어준다. 1층의 공간은 스페인의 가정집 느낌으로 편안함을 주었고, 2층의 공간은 산티아고 순례길의 사진과 여러 가

지 자료를 통해 산티아고 순례길을 추억하도록 만들었다.

코로나 기간에 여행을 떠나지 못하는 사람들에게 여행의 기분을 만끽할 수 있게 산티아고 데 콤포스텔라로 떠나는 여행 항공권을 만들어서 음료를 주문할 때 "오늘 하루 여행하듯 쉬었다 가세요"라는 멘트와 함께 전해드린다. 이에 손님들은 기분 좋게 활짝 웃으시며 고맙다고 대답해주신다.

아마 그들은 커피 한잔을 마시러 왔다가 뜻하지 않은 이벤트에 오늘 하루 행복함을 느낄 것이다. 나 역시 사람들이 우리의 공간에서 그리고 우리의 일상에 들어와 행복한 모습을 보니 더불어 행복해진다.

이런 하루의 일상 속에서 이제는 행복한 감정을 느껴보자. 산티아고 순례길을 걸으며 행복한 이유는 바로 이런 것이었다. 거창하지 않아도 하루를 걸으며 그 여정 속에 수많은 행복의 순간이 모여 있었고, 그것이 산티아고 순례길이라 특별하다고 생각했었다.

우리의 일상에도 늘 특별함이 숨겨져 있었다. 이러한 일상 속에 늘 발생하는 소소한 행복을 자주 경험하고 느낄 수 있다면 또 다른 과정에 숨겨져 있는 행복들도 찾아낼 수 있을 것이다.

7

나답게 행복하게 살아가는 삶

산티아고 라이프스타일 법칙 5

_일상

나다운 걸음이 만드는 나의 길

산티아고 순례길과 세계여행, 직장 생활 그리고 다양한 경험을 통해 나는 사람과 함께하고, 누군가에게 도움을 주는 삶이 나답게 사는 삶이라고 생각했다. 나의 콤포스텔라로 향하기 위해, 나답게 살기 위해 2015년 3월 29일 카페알베르게를 오픈했다. 처음부터 카페를 오픈하고 싶었던 것은 아니었다. 내가 카페를 시작하게 된 계기는 두 가지였다.

첫째, 카페는 누구나 편하게 올 수 있는 공간이다. 경마장의 경주마처럼 1등을 하기 위해 앞만 보고 달려가는 청년들이 최소한 내가 어딜 향해 가고 있고 내가 어떤 말인지를 생각해볼 수 있는 '산티아고 순례길'을 한번쯤 걸어봤으면 좋겠다고 생각하여, 사람들에게 산티아고 순례길을 알리고 도움을 주고 싶었는데, 그러한 공간으로 카페가 적당하다고 생각했다. 보통은 여행을 담기에는 게스트하우스가 더 적절하지 않냐고 말하는데 게스트하우스는 특정한 목적을 가진 한정적인 사람들만이 이용하는 반면, 카페는 남녀노소 가리지 않고 커피 한잔 비용으로도 편히 올 수 있는 공간이라 생각하여 선택했다.

둘째, 유럽에서 본 카페는 아침에 출근하면서, 퇴근 후에 또는 낮에 서로 모여 안부를 묻고 커피 한잔과 함께 쉬었다 가는 동네의 사랑방 같은 공간이었다. 한국에서도 누구나 편히 와서 쉬었다 갈 수 있는 공간을 만들고 싶었다. '알베르게'라고 이름을 정한 이유도 여기에 있다. 알베르게는 산티아고 순례길의 순례자 숙소를 의미하며, 온종일 힘겹게 길을 걷고 온 순례자가 몸과 마음의 휴식을 취하는 장소이자, 세계 각 지역에서 온 순례자들이 함께 저녁을 먹고 이야기를 나누며 친구가 되는 공간이기도 했다.

그런 공간이 되고자 했다. 인생이라는 긴 순례길을 걸으며 몸과 마음이 지쳤을 때 커피 한잔하며, 쉬러 오는 공간 그리고 이곳에서 순례길을 알게 되고 그곳으로 안내할 수 있는 공간이 되고자 했다.

직장을 그만두고 카페를 한다고 했을 때 주변 사람 대부분은 다시 한번 진지하게 생각해보라고 했었다. 옆에서 응원하는 사람이 1명이라면 말리는 사람은 10명이었다. 하지만 그 10명은 사실 새로운 도전을 해보지 않은 사람들이었고, 응원하는 딱 1명만이 산전수전 다 겪어본 사람이었는데, 그는 힘들어도 자신의 길을 간다면 성공할 수 있다고 말해주었다.

내 길을 간다는 것은 역시 쉽지 않은 일이었다. 하나부터 열까지 새롭게 시작하는 것은 모두 시행착오가 따랐고, 알아가야 할 것들이었다. 하지만 내가 선택한 길을 가기에 힘든 것들도 헤쳐나갈 수 있었다.

카페를 오픈하기까지 두 번의 부동산 계약 실패로 나는 그저 시간을 보내면서 조급해지기 시작했다. 부동산 계약은 기존 임차인, 건물주인 임대인, 그 사이를 중개하는 중개업자와의 이해관계가 얽혀 보이지 않은 불편한 줄다리기를 해야 했다. 그렇게 두 번의 줄다리기는 실패하고 세 번째 줄다리기에서 드디어 계약에 성공했다.

하지만 급하게 계약한 세 번째 줄다리기는 사실상 기존 임차인의 승리였다. 계약 후 인테리어를 시작하기도 전에 화장실이 역류하여 고치다 보니 건물에 문제가 많다는 것을 발견했다. 해당 문제에 대해 임대인은 기존 임차인과 알아서 하라고 했고, 기존 임차인은 이미 권리금을 다 받고 떠난 터라 모르쇠로 일관했다.

결국, 땅을 다 파서 상하수도 시설부터 공사를 시작했다. 역시나 새로운 길 걷기는 쉽지 않은 일이었다. 이후에도 예상치 못한 곳에서 여러 문제가 발생하였지만 모든 것은 내가 해결해야 할 일이었다.

나답게 살고 싶어서, 하고 싶은 일을 하는 것은 생각보다 더 어려웠다. 회사에 다닐 때면 내게 주어진 업무를 충실하게 잘 해내면 되었지만, 내가 하고 싶은 일을 하는 것은 그렇지가 않았다. 오픈 전 재료 준비, 음료 제조, 홍보물 제작, 홍보, 손님 응대, 설거지, 청소…. 이외에도 매장에 생기는 수많은 문제를 해결하기 위해 매일같이 답을 찾아야만 했다. 내가 생각했던 산티아고 순례길을 알리고 일상에 지친 사람이 쉬어가게 하기 위한 일은 수많은 해야 할 일 중 아주 일부에 불과했다.

그렇게 나답게 살고자 시작한 일을 위해서는 내가 좋아하지 않은 일을 더 많이 해야만 했다. 문제는 그렇게 하루에 13시간씩 일을 하며 아내와 함께 고군분투하였는데도 한 달 매출로는 도저히 카페를 유지하면서 생활이 불가능해 보였다.

하지만 우리는 산티아고 순례길을 통해 알고 있었다. 처음 시작이 가장 힘들다는 것을, 한 걸음씩 걷다 보면 분명 목적지에 도착한다는 것을, 조급함은 내 갈 길을 방해할 뿐이라는 것을 우리는 알고 있었다.

다행히 100가지 중에서 99가지가 힘들었어도 단 1가지가 우리가 계속 앞으로 나아갈 수 있게 해주었다.

용기 한 스푼 얹어주고 안내하기

카페알베르게를 오픈하고 얼마 되지 않아 자주 오는 손님이 있었다. 당시 그녀는 삶의 방향을 잃어 조금 지쳐 있었고 카페 입구와 내부 곳곳에 그려져 있는 순례길의 상징, 노란 화살표와 조가비를 보고 호기심을 갖기에 나는 그 손님께 산티아고 순례길을 소개했다. 순례길 이야기를 들은 그녀는 며칠이 지나서야 카페에 다시 방문했고, 눈만 감으면 산티아고 순례길이 그려져서 비행기 티켓을 예매해버렸다고 말했다. 그렇게 그녀는 카페알베르게를

산티아고로 가는길
카페
알베르게
CAFE
ALBERGUE
ALBERGUE
Cafe Albergue
Hola!
지금 여기,
스페인의 맛과 향을 경험하세요.
Americano & Latte
Spanish Coffee & Tea
Spain Croissant
Spain Beer & Wine
*Take out 1,000원 할인!
open
closed

SANTIAGO DE COMPOSTELA
Tú

통해 산티아고 순례길로 떠난 1호 순례자가 되었다.

그녀는 떠난 후 한참 동안 연락이 없었다. 소식이 궁금해질 무렵, 그녀는 갑작스럽게 떠났던 것처럼 갑작스럽게 다시 카페의 문을 열고 나타났다. 그동안 많은 일이 있어서 예정에 없던 여행을 몇 달간 더 하고 왔다며, 산티아고 순례길을 걸으면서 자신의 삶에 대해 다시 한번 생각하게 되었고 자신만의 길을 찾아 지금 전혀 다른 삶을 살게 됐다고, 새로운 삶에 적응하느라 조금 늦었다고 했다. 그녀는 떠나기 전보다 훨씬 편안해 보였다. 다시 돌아온 그녀와 대화하면서 카페알베르게를 하기를 참 잘했다고 생각했다.

이후 수많은 예비 순례자에게 순례길을 소개했고 산티아고로 안내하였다. 죽기 전에 꼭 걸어보고 싶다고 찾아오신 60~70대의 자매분, 일만 하다가 큰 병을 얻고 삶을 다시 돌아보고 싶다고 찾아오신 분, 자신도 갈 수 있는지 궁금하여 집부터 몇 시간을 걸어서 오신 분…. 그들에게는 '나도 할 수 있다'라는 작은 용기가 필요했고, 나는 먼저 다녀온 경험을 바탕으로 어쩌면 누군가에게는 삶의 전환점이 될 거란 믿음으로 그들에게 작은 용기 한 스푼을 얹어드렸다.

현재는 카페 매출도 많이 상승하고 여러 가지 프로그램을 통해 산티아고 순례길을 안내하고 경험시켜드리며 좋은 경험을 다시 떠오를 수 있게 해드리고 있다. 산티아고 순례길을 준비하는 분들에게는 더 잘 다녀올 수 있도록 순례길의 문화나 역사에 대해 소개하고 순례길을 준비하고 잘 걸을 수 있도록 세미나를 진행하고 있다. 많은 예비 순례자분들은 용기를 얻어 자신의 길을 잘 다녀오고 다녀온 분들은 이런 곳이 존재하여 다시 순례길을 회상할 수 있게 해주어서 감사하다고 말한다.

단순히 카페를 넘어 누군가에게는 산티아고 순례길의 시작점이 되고, 누군가에게는 일상에서도 산티아고 순례길의 연장선이 되어준다.

누구나 다 자신만의 길이 있다고 생각한다. 그 길을 발견하고 걷는 것 역시 다 자신만의 선택이다. 길은 그저 존재할 뿐이지 좋은 길, 나쁜 길은 없다.

하지만 나답게 하고 싶은 일을 하기에는 분명히 수많은 가시밭길이 존재할 것이다. 그 가시밭길을 뚫고 나갈 마음의 준비가 되지 않았다면, 아직 내가 진정으로 원하는 삶이 아닐지도 모른다. 그러나 가시밭길을 잘 뚫고 나간다면, 그 과정에서 내가 무엇을 좋아하는지, 무엇을 잘하는지, 내가 누구인지에 대해 더 잘 알게 될 것이다. 용기 내어 한 걸음을 내디뎌보라. 진정한 자신만의 길이 만들어질 것이다.

누군가에게는 산티아고 순례길의
시작점이 되고, 누군가에게는
일상에서도 산티아고 순례길의
연장선이 되어준다.

카페
알베르게

나만의 속도로

하루를 설계하라

우리가 길을 걸을 때 가장 주의해야 할 것이 있다면 나만의 속도로 걸으며 비교하지 않는 것이다. 우리는 예전 시대보다 인터넷과 SNS의 발달로 너무나 쉽게 남과 비교할 수 있는 환경에 놓여 있다. 하루에도 수없이 자의적 또는 타의적으로 타인의 삶을 마주하게 된다. 이전 시대에는 내 바로 옆 사람만이 비교 대상이었다. 마을 사람들, 엄마 친구 아들 그리고 내가 만나는 사람만이 비교 대상이 되었다.

하지만 이제 내가 전혀 모르는 사람도 비교 대상이 되고 인플루언서의 삶과도 비교가 되고 유명한 사람과도 비교하며 살고 있다. 이 비교는 상대적이기 때문에 제한이 없다. 비교가 시작되는 순간부터 나의 비교 대상은 나보다 더 나아 보이는 타인이 되기 때문에 그들이 더 행복해 보이고 나는 행복하지 않다고 생각하게 된다.

산티아고 라이프스타일에서는 비교 대상이 존재하지 않는다. 오직 나와 내가 나아가야 할 방향이 있기 때문이다. 내가 산티아고 순례길을 걸으면서 나보다 더 먼저 걷는다고 해서 그 사람을 부러워하지 않는다. 또한, 나는 걸어가는데 누군가가 차를 타고 나와 비교할 수 없는 속도로 빠르게 지나간다고 해도 내가 불행하단 생각은 들지 않는다. 그 길에서는 오직 내가 가야 할 방향만이 있기 때문이다.

함께 살아가는 세상 속에서 비교를 안 하게 될 수는 없지만, 그들과 나의 목적지와 방향이 다르다고 생각하면 크게 부러워할 필요가 없다. 나는 여러 가지 경험을 통해 내 삶을 풍부하게 채우면서 행복을 느끼는 것으로 설정하였지만, 누군가는 사회적 성공과 부를 이루는 것을 처음부터 자신의 콤포스텔라로 설정했을지도 모른다. 꼭 그러한 콤포스텔라가 잘못되었다고 할 수는 없다. 그는 치열한 과정에서 오는 성취감이 행복을 느끼는 데 매우 크게 작용하는 성향일 수도 있다.

내가 나만의 노란 화살표를 따라가는 데 있어서 비교하는 마음이 든다면 스스로 빨리 그것을 깨닫고 나의 길에 집중하며 우리는 서로 다른 길을 간다는 것을 알아차려야 한다. 그리고 다시 나에게 집중한 후 나만의 속도로 걸어야 한다. 때로는 조금 빠르게 때로는 조금 천천히 내가 지치지 않고 갈 수 있는 속도로 나아가야 한다.

힘들 때는 잠시 멈춰서 쉬어도 괜찮다. 내가 온 길을 되돌아보고 지금 현재 있는 곳을 살펴보고 앞으로 나아갈 길을 바라보자. 내게는 방향을 알려주는 노란 화살표가 있기에 불안해하지 않아도 괜찮다.

속도보다는 방향이 늘 우선이다. 내가 아무리 빠르게 달려간다고 해도 방향이 맞지 않는다면 결국 다시 돌아와야 하기 때문이다. 체력이 늘어나고 무게는 줄어들면서 속도는 시간이 갈수록 빨라지게 된다. 그러므로 처음부터 너무 조급할 필요는 없다.

찰나의 감정에 집중하는 훈련하기

이렇게 나만의 속도로 가면서 찰나의 감정에 집중해보자. 비교하지 않고 나만의 속도로 걸으면서 일상 속에 숨겨져 있는 소소한 행복함을 느껴보자. 처음에는 이러한 소소한 일상의 경험을 행복한 감정으로 느끼기가 쉽지 않다. 내 뇌는 이것을 당연함으로 느끼기 때문이다.

나는 이러한 소소한 일상의 경험을 행복으로 느끼기 위해서는 약간의 훈련이 필요하다고 생각한다. 먼저 이러한 경험으로 행복을 느껴봐야 한다. 가장 좋은 방법으로는 이전에 행복했던 경험과 기억을 고요한 상태에서 떠올려보는 것이다.

내 경우에는 산티아고 순례길을 걸을 때를 떠올리고는 한다. 알베르게에서 나와 첫걸음을 나설 때 상쾌한 새벽 공기와 고요함 속에 느꼈던 감정, 아마 누구나 국내든 해외든 여행을 갔을 때 낯선 곳에서 맞이하는 첫 아침의 기억이 있을 것이다. 그 순간을 눈을 감고 천천히 호흡하며 떠올려보자. 여행 중에 여유 있게 카페에 앉아 멍하니 커피 한잔을 마셨던 기억을 떠올려보자. 그리고 그때의 감정을 회상해보자. 어릴 적 친구들과 함께 뛰어놀던 순간을 떠올려보자. 첫사랑에게 고백하거나 선물을 받았던 순간을 떠올려보자. 분명 설레고 행복한 감정을 느낀 순간들이 있을 것이다. 회사에서 동료들과 함께 프로젝트를 성공시키고 환호했던 순간을 떠올려보자. 맨날 밉기만 했던 상사도 그때는 밉지 않았을 것이다. 남자라면 추운 겨울에 혹한기 훈련을 마치고 마지막 고된 행군 끝에 부대로 복귀하여 따뜻한 물로 샤워했던 순간을 떠올려보자.

어릴 적 가족들이 모여 생일잔치를 하면서 촛불을 끄던 순간을 떠올려보자. 다들 상황은 다르지만 분명 일상 속에 행복한 감정을 느낀 경험들이 있을 것이다. 그 기억들을 가만히 앉아 떠올려보자. 이러한 감정을 떠올리기 위해 촛불을 켜고 멍하니 촛불을 바라보는 것도 도움이 될 수 있다. 또는 의식적으로 생각을 비운 뒤 하염없이 걸어보는 것도 좋은 방법이다.

이러한 훈련을 매일 조금씩 해보자. 그리고 그 감정을 일상 속에서 느낄 수 있도록 내가 매일 하는 일상의 행동 가운데서 집중해보자. 이런 훈련을 통해 한 걸음씩 나아가면서 작은 성취감을 느끼며 행복하고 또 새로운 길을 발견하게 되어 행복해질 것이다.

이러한 행복을 의식적으로 집중하고 계속해서 느껴야 한다. 작은 행복을 반복해서 느끼는 것은 더 큰 행복을 향해 나아가게 해주고, 힘들어도 앞으로 계속해서 나아가게 해줄 원동력이 된다.

우리 뇌는 긍정적인 것보다 부정적인 것들을 더 잘 느끼고 기억하게 해준다고 한다. 그래서 우리는 의식적으로 더 행복을 느끼는 것을 연습해야 한다. 나를 알게 되어 행복하고, 내가 좋아하는 것을 알게 되어 행복하고, 내가 잘하는 것을 알게 되어 행복해진다.

내게 맞는 하루의 루틴을 만들어보기

나는 나만의 속도와 행복을 느끼기 위해 하루를 다음과 같이 산티아고 순례길의 시간과 경험에 맞추어 살아간다. 기분 좋게 아침에 일어나 상쾌한 아침 공기를 느끼며 가볍게 산책을 하며 순례길의 아침을 떠올려본다. 산책을 다녀와 오늘 어디까지 걸어갈지 결정하듯 오늘 해야 할 일들을 살펴본다. 그중에 가장 우선으로 처리해야 할 일들을 먼저 처리한다. 순례길에서 오전에 바짝 걷고 난 후 카페에서 아침을 먹으며 쉬어가듯 1~2시간 집중적으로 일을 하고 아침 겸 점심을 먹으면서 잠시 쉬어간다.

식사한 후 다시 못 다한 일을 하며 오후 일과를 보낸다. 순례길에서 오후 4시 이전에 알베르게에 도착하듯 오후 4시 이내에 중요한 일을 모두 마치고 그 이후에는 조금 더 여유롭게 마음 편히 덜 중요하지만 내가 재밌어하는 일을 한다. 저녁 시간에는 일에 대한 생각을 최대한 내려놓고 가족과 아이와 함께하는 시간에 집중한다.

내가 가야 할 방향을 잘 몰랐을 적에는 항상 일 생각에 쉬고 있어도 마음이 불편하였고 새벽까지 무엇인가를 해도 일이 항상 쌓여만 가면서 나는 늘 피곤하고 행복하지 않았다. 하지만 이렇게 일하는 시간에 집중하여 일하고, 이후에는 나만의 시간을 가지면서 지내니 하루가 훨씬 더 여유로워지면서 행복함을 느끼게 되었다. 물론, 바쁜 시기에는 늘 이렇게 할 수는 없고 밤늦게까지 일을 하는 때도 있지만 그렇지 않은 시기에는 이처럼 하루를 살아가려고 방향을 잡는다.

당신도 당신만의 하루를 설계해보자. 불확실성을 최대한 치워내고 단순하게 만들자. 대부분 직장인이 회사의 출퇴근 시간에 맞추게 되지만 그 안에서 자신만의 하루를 설계해볼 수 있다. 출근해서 중요한 업무를 먼저 처리한다든지, 점심시간에 산책한다든지, 내가 하는 일 중 조금 더 재밌고 성장할 수 있는 일을 하는 시간을 만들어본다면 유난히 더디게 가는 퇴근 시간만 바라보지 않게 될 수 있다.

코로나로 인해 재택근무와 유연근무가 늘어나고 회사에서도 절대적 시간보다는 효율적 시간을 중요하게 생각하는 만큼 이러한 자신만의 하루의 시간을 설계하는 것은 앞으로 더 중요해질 수도 있다. 산티아고 순례길을 비교하지 않고 내 속도에 맞춰 걸어가듯 일상도 나만의 속도에 맞춰 현재에 집중하며 행복하게 살아가는 것이 참 좋다.

내 경우에는 산티아고 순례길을 걸을 때를 떠올리고는 한다. 알베르게에서 나와 첫걸음을 나설 때 상쾌한 새벽 공기와 고요함 속에 느꼈던 감정, 아마 누구나 국내든 해외든 여행을 갔을 때 낯선 곳에서 맞이하는 첫 아침의 기억이 있을 것이다. 그 순간을 눈을 감고 천천히 호흡하며 떠올려보자.

하루 10분

오늘을 위해 투자하라

하루는 24시간 1,440분으로 구성되어 있다. 이 중에 잠을 자는 시간을 7시간이라고 하면 나머지 17시간 1,020분이 우리가 하루를 소비하는 시간이다. 이 중에 딱 1% 10분을 투자한다면 나머지 99%를 여유 있고 행복하게 보낼 수 있다. 내가 하는 오늘을 잘 준비하는 매일 10분의 시간은 다음과 같다.

첫째, 아침에 일어나 하루를 시작할 때다.

하루의 가장 바쁜 시간은 아침이다. 피곤한 몸을 이끌고 양치와 세수를 하고 머리를 감고 출근 준비를 한다. 이렇게 하루를 정신없이 시작하게 되면 하루 종일 바쁜 상태로 하루를 보내게 된다.

이러한 아침에 10분만 여유를 가지고 하루를 시작해보자. 아침에 일어나자마자 양치하면서 거울을 보고 방긋 웃어본다. 양치와 간단하게 세수를 한 후에 물을 한 컵 마시고 명상한다. 명상을 거창하게 생각하지 말고 하루의 시작을 나로부터 시작한다는 마음으로 자신의 호흡을 느껴보고 빠르게 진행되는 호흡을 조금 느리고 깊게 해보자. 마음이 차분해지는 것을 느끼고 시간이 나의 호흡 속도에 맞게 느리게 흐르는 것을 느껴보자. 또는 산책이나 요가, 스트레칭을 하는 것도 좋다. 어느 방식으로 하던지 자신에게 가장 잘 어울리고, 다양하게 나를 깨우고 나로부터 시작하는 하루를 만들어보자.

둘째, 마음의 불안을 다스릴 때다.

마음이 불안할 때는 잠시 앉아 자신의 마음을 위한 시간을 가져보자. 폐는 호흡을 통해 우리의 중추기관 중에 유일하게 스스로 컨트롤을 할 수 있는 부분이다. 깊게 숨을 들이마시고 내쉬는 것을 반복하며 머릿속에서 나를 불안하게 만드는 에고의 외침을 알아차리자. 그것들은 내가 아님을 나를 불안하게 만들고 나를 비교하게 만드는 에고의 외침인 것을 인지하고 흘려보내자. 나는 과거도 아닌 미래도 아닌 지금 이곳에 온전히 있음을 알아차리고 과거와 미래의 상상에 두근대는 내 심장을 다스려주자.

셋째, 마법의 주문을 외칠 때다.

나는 매일 아침 아이와 함께 외치는 마법의 주문이 있다. 유치원에 다니던 아이가 점심을 먹다가 구토한 적이 있었는데 그 뒤로 아이가 밥을 먹다가 또다시 구토할까 봐 또는 그 순간이 창피하고 당황스러워서 유치원 가기를 싫어한 적이 있다. 그때 나는 아이에게 용기를 주기로 했다. 유치원 등원 전에 마법의 주문을 외

치면 용기가 생기고 행복한 하루가 된다고 설명해주고 마법의 주문을 외치면 카카오가 함유된 작은 초콜릿을 하나씩 주었다. 아이는 주문을 외치며 자신감을 점점 가지게 되었고 아이의 무의식 속에 달콤한 순간과 용기와 행복한 하루를 심어주었다.

'나는 무엇이든지 할 수 있다.'
'오늘 하루도 행복하게 산다.'
'아자 아자 화이팅!'

이 주문을 아이와 함께 1년 넘게 외치고 있다. 아이는 이제 스스로 주문을 외우기도 하고 주문을 외치며 장난을 치기도 한다. 아이는 살아가면서 두려운 순간이 생길 때마다 이 주문과 초콜릿의 달콤함을 떠올릴 것이다.

이 세 문장이 아이에게 하루를 살아가는 데 보이지 않는 큰 힘을 실어준다. 그리고 이 주문은 매일 아침 나에게도 외치는 마법의 주문이다.

산티아고 순례길에서 아침에 오늘
어느 마을까지 걸어갈지 생각하며
신발 끈을 묶듯이, 하루의 10분이
오늘 하루를 결정한다.

세상을 따뜻하게 만드는 데 동참하라

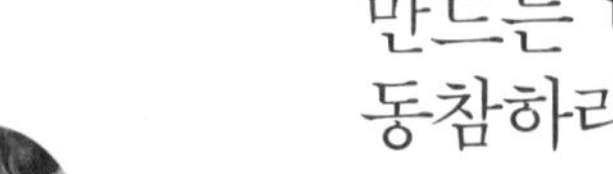

나는 산티아고 순례길을 통해 내 삶을 다시 바라보고 나만의 삶의 가치를 '누군가 지치고 힘들 때 옆에서 힘이 되어줄 수 있는 사람이 되자'로 결정하여 내 삶을 걷고 있다. 그리고 다양한 경험을 통해 내가 떠나야 하는 마지막 날이 되었을 때 후회하지 않는 삶이 되고자 했다. 카페알베르게를 통해 지치고 힘든 사람들이 이 공간에서 위로받기를 원했고, 카페알베르게를 통해 산티아고 순례길을 알아가고 그곳에서 자신의 소중함과 행복을 찾아내길 바랐다. 당신의 삶을 이어갈 수 있게 해주는 삶의 가치는 무엇인가? 아마 사람마다 자신만의 특별한 이유가 있을 것이다.

처음 산티아고 순례길을 완주 후 산티아고 데 콤포스텔라에 도착하여 내 삶의 목표는 10년 후 카페알베르게 오픈이었다. 그리고 그 목표를 향해 한 걸음씩 걸어 카페알베르게를 오픈하였고, 정확히 10년째 되는 해에 평화방송에서 제작된 〈산티아고 가는 길〉이라는 프로그램에 초대받아 산티아고 순례길의 경험과 카페알베르게에 대해 소개하는 방송에 출연했다. TV에 나오는 내 모습을 보면서 그동안 무거웠던 짐을 내려놓는 듯한 기분이 들었다.

이제는 카페알베르게를 조금 더 가벼운 마음으로 운영할 수 있을 것 같았고 더는 이것이 내 삶의 목표가 되지 않았다. 마치 산티아고 순례길을 800km 걸어 산티아고 데 콤포스텔라에 도착한 것과 같이 걸어야 할 길이 사라진 것과 같은 방향을 잃은 듯한 기분이 들었다. 파울로 코엘료의 《연금술사》에 나온 것처럼 내 삶을 이어갈 수 있는 다음 표지를 찾기를 원했다. 아직 내 여행의 보물이 숨겨져 있는 피라미드를 향한 여정은 계속되어야만 했다.

내 삶에 찾아온 새로운 표지

얼마 뒤 밤늦게 전화 한 통을 받았다. 코인트리 대표 꽃거지 한영준이었다. 코인트리는 볼리비아, 멕시코, 스리랑카에 학교와 도서관을 건축하고 기숙사를 운영하며, 교육의 사각지대에 있는 아이들에게 교육을 지원하고 빈민 가정을 위해 의료 지원 및 구제 사업을 하는 비영리단체였다. 그는 대뜸 언제 가장 행복하냐고, 꿈이 뭐냐고 물었다. 우리는 뜬금없이 꿈에 관해 이야기를 나누었고, 내 대답을 들은 그는 자신과 함께 일하자고 했다.

나는 이전에도 코인트리 후원자로서 카페알베르게에서 몇 가지 재밌는 일을 함께했기에 언제든지 좋다고 대답했지만, 그는 프로젝트 협업 형태가 아닌 자신과 함께 코인트리에서 일해보는 것이 어떻겠느냐고 물으며 자신과 함께 꿈을 키워나가보자고 했다. 나는 한 번도 비영리 국제구호사업을 생각해본 적이 없기에 선뜻 대답할 수가 없었고, 조금 더 생각할 시간을 달라고 하였다.

카페알베르게를 운영하면서 가장 힘들었던 부분은 아이가 생기면서 경제적 안정이 보장되지 못한다는 점이었다. 그래서 나는 카페알베르게를 안정적으로 운영하기 위해 아직 대기업의 커리어를 활용할 수 있는 IT업계로 복귀하여 아이가 조금 더 자랄 때까지 안정적인 생활을 하고자 하였었다.

하지만 다시 비영리 일을 시작하는 순간 이제 더는 내 커리어를 활용하기 어려웠고 다시 처음부터 시작해야 했다. 무엇보다도 비영리 일이라는 것이 높은 연봉을 받기 어려운 구조였고, 코인트리가 줄 수 있는 급여 역시 당시 받고 있던 연봉보다 매우 낮은 수준이었다. 며칠 동안 고민하였고 선뜻 답을 하기가 어려웠다. 머리에서 말하는 이성적 판단으로는 가지 말라고 하고 있었고, 마음에서 말하는 감성적 판단으로는 함께 일하라고 하였다.

결정을 내리지 못하고 고민하던 사이에 하루는 아이가 나와 함께 놀면서 아무 이유 없는 행복한 웃음을 지어 보였다. 순간 코인트리가 돕고 있던 볼리비아의 아이들이 떠올랐다. 그리고 내 아이뿐만 아니라 지구 반대편 아이들의 행복을 위해 내가 도움을 줄 수 있다면 충분히 가치 있는 삶이라는 생각이 들었다. 《연금술사》에서 산티아고가 연금술사를 만나듯 '이것 또한 내 삶의 한 표지인가?' 하는 생각이 들었다. 내가 카페알베르게를 통해 삶에 지친 누군가를 돕고자 하였다면 이제 조금 더 넓은 범위로, 단지 그곳에서 태어났다는 이유만으로 가난을 안고 시작한 아이들을 위해 내 삶의 가치를 실현하고자 결정하였다.

코인트리의 가치가 카페알베르게의 가치와도 잘 맞았기에 둘의 시너지가 날 수 있는 부분도 있을 것 같았다. 나는 머리 대신 마음의 소리를 들어 두 번째 장기적 목표를 정했고, 코인트리와 함께하는 것을 선택했다. 한 번 더 가치가 주는 행복을 믿어보기로 한 이 선택은 여전히 나에게 행복한 경험을 만들어주고 있다.

누구에게나 당연한 것이 당연해지는 세상 만들기

코인트리와 함께하기 이전까지 나는 행복한 삶보다 가치 있는 삶에 대해 조금 더 중심을 두고 있었다. 하지만 코인트리 대표 꽃거지 한영준은 늘 내가 행복해야 행복을 나눌 수 있다고 했다.

코인트리와 함께 일하기로 한 후 나는 바로 볼리비아 현장을 방문했다. 한국에서 볼리비아까지 순수 비행시간만 30시간이 넘는 긴 여정이었다. 산속 깊은 곳에 있는 볼리비아 희망꽃학교의 아이들은 순수한 눈망울과 밝은 미소를 내게 선물해주었다. 그저 아이들을 바라보는 것만으로도 행복해지는 순간이었고, 행복은 부와 비례하지 않는다는 것을 다시 한번 깨닫게 되었다. 그 아이들이 크면서 사회적 격차로 인해 희망을 잃지 않도록, 영양가 있는 급식과 질 좋은 교육을 받고 건강하게 자라서 더 좋은 삶을 영위할 수 있도록 해주어야겠다 마음먹었다.

현재 코인트리는 볼리비아, 멕시코, 스리랑카의 340명의 아이

들이 자신의 꿈을 이루고 더 큰 세상을 꿈꾸어볼 수 있도록 교육과 식사를 제공하고, 빈민 지역의 아픈 아이들이 정상적으로 살아갈 수 있도록 치료를 해주며, 어려운 가정에 있는 아이들이 세상이 힘든 것만이 아닌 따뜻한 곳임을 느끼게 해주고 있다. 우리가 너무나 당연하게 생각하였던, 어릴 때는 학교에 가고, 아프면 병원에 가서 치료를 받을 수 있는 것들이 당연하지 않은 세상에

당연할 수 있도록 만들고 있다.

다음으로 해보고 싶은 일 중 하나는 내가 가진 경험으로 사회적 약자들을 위한 완충지대가 되어주고자 하는 생각을 해보았다. 사회적 취약 계층에 있는 청년들에게 커피 교육 및 실습을 시켜주고 취업까지 할 수 있도록 도와주는 것이다.

그리고 성실히 과정을 이수하는 청년들을 지원하여 산티아고 순례길을 걸을 수 있게 도와주는 것이다. 산티아고 순례길을 걸으며 자신을 알아가고 자신이 살아가고자 하는 목적과 방향을 설명하고 스스로 자신의 삶을 설계할 수 있도록 돕는 것이다. 그것은 한 사람의 인생과 세상을 바꾸어주는 가치 있는 일이라고 생각한다. 아직은 생각 중인 단계이지만 이러한 마음을 가지고 있다면 또다시 노란 화살표가 내 길을 안내해줄 것이라고 믿는다. 그리고 지금 이 글을 적으며 내 가슴도 뛰는 걸 보니 나 역시 신나고 행복한 일인 것 같다.

이 책을 읽은 당신도 자신만의
콤포스텔라이자 삶의
가치는 무엇인지 잠시 한번
생각해보았으면 좋겠다. 그리고
용기 있게 자신만의 삶을 두 발로
행복하게 걸어나갔으면 좋겠다.
당신만의 멋진 길과 걸음을
응원해본다.

FLOR
DE
Aa Bb Cc Dd Ee Ff Gg Hh Ii Jj Kk Ll Mm Nn Oo Pp Qq Rr Ss

멀리 가려면 함께 나아가라

산티아고 순례길은 혼자이면서도 혼자가 아닌 길이다. 대부분이 순례자가 혼자 와서 걷지만 걸으면서 동료가 생기고 친구들이 생기고 카미노 식구라고 불릴 만큼 가족 같은 사람들도 생긴다. 또한, 걷다 보면 힘들 때 나를 도와주는 마을 사람들도 알베르게의 오스피탈레로도 만난다. 그렇기에 혼자서는 감히 엄두도 내지 못할 것만 같은 거리를 완주할 수 있게 된다.

카페알베르게 오픈하고 어느덧 8년이라는 시간이 흘렀다. 처음 목표는 3년이었고 그다음은 10년이었는데 마치 산티아고 데 콤포스텔라에 다가갈수록 줄어드는 킬로 수가 아쉬운 것처럼 10년이라는 시간이 겨우 2년밖에 남지 않았다. 카페알베르게가 큰 성공을 했다고 볼 수는 없지만 8년이라는 시간을 순례자들을 맞이하며 지켜왔다는 것에 알베르게로서의 역할은 잘해오지 않았나 싶다.

그리고 카페알베르게가 이렇게 8년의 세월을 지켜온 것 역시 함께해주는 사람들이 있었기 때문이다. 이곳에서 하루에도 수십 명씩 마주하는 손님들과 수천 명의 순례자와 수백 명의 예비 순례자가 함께했기에 지켜낼 수 있는 시간이었다. 함께 나아가려면 먼저 함께 나아갈 사람들을 만들어야 한다. 그리고 나보다 먼저 길을 만들어놓은 사람에게 길을 물어야 한다.

첫째, 나보다 먼저 길을 만들어놓은 사람을 찾아가라.

처음 대기업을 그만두고 내 길을 가기로 마음먹었을 때 가장 큰 도움이 된 책이 바로 박용후 대표님의 《관점을 디자인하라》였다. "없는 것인가? 못 보는 것인가?" 이 한마디로 관점을 바꾸어 세상을 바라보라는 메시지는 당장 눈앞의 것보다 먼 미래를 바라보고 용기를 낼 수 있게 해주었다. 그리고 세계여행을 다녀온 뒤 우연히 박용후 대표님의 강연이 있다는 소식을 듣고 찾아갔다. 강연 후 용기를 내어 내 상황에 대해 말씀드리니 흔쾌히 많은 조언을 해주시고 STE(Share The Experience)라는 모임을 소개해주시며 멘토의 역할까지 해주셨다. 인생을 경험하고 도전하며 돈을 빼고 얻을 수 있는 것을 바라보라고 하셨다. 그러면 분명 자연스레 성공할 수 있을 거라 하셨다.

둘째, 나와 같은 길을 가는 사람들을 만들어라.

가장 먼저 내가 가고자 하는 길을 응원해주고 함께 가주는 아내가 있어 여기까지 올 수 있었다. 다음으로 카페알베르게와 같이 걸어준 가장 큰 동행들은 순례자들이었다. 그 시작을 함께해 준 사람은 바로 도화 김소영 작가다. 도화 김소영 작가는 산티아고 순례길을 다녀온 후 자신의 전공이었던 도자기를 계속할 수 있는 용기를 얻었다고 했다. 그리고 산티아고 순례길을 너무나 사랑하여 산티아고 순례길을 다녀온 사람들과 모임을 하고자 하는데 카페알베르게에서 함께하고 싶다고 하였다. 나 역시 순례자들과 모임을 생각하고 있었기에 흔쾌히 허락하였고, 순례자들의 모임인 산다사(산티아고를 다녀온 사람들의 모임)가 시작되었다.

처음 시작은 김소영 작가, 강인 씨, 그리고 우리 부부 이렇게 네 명으로 시작하였는데 모임이 계속될수록 자신만의 순례길 이야기를 공유하고 싶은 순례자들이 모여들었다. 보통 밤 10시에 시작한 모임은 아침 해가 뜰 때까지 계속되었고 코로나 이전까지 총 5년 동안 수백 명의 순례자가 참가했다.

순례자들이 모여 순례길 이야기를 나누고 서로의 추억을 공유하며, 카페알베르게는 순례자들을 위한 공간으로서의 역할을 하였다. 그들은 이런 공간을 만들어주어서 고맙다고 말했고 나 역시 순례자들이 즐겁게 쉬어가는 것에 있어 보람을 느꼈다. 카페알베르게는 시간이 갈수록 조금씩 입소문을 타기 시작했고 단골들도 많이 생겼으며 순례자뿐만 아니라 세계여행자들도 놀러 오면서 좋은 인연을 계속 만들어나갔다.

셋째. 내가 누군가에게 도움이 되어보도록 하자.

누군가에게 도움을 받고 누군가와 함께 걸어가기로 하였으면, 누군가에게 도움이 되어보는 것도 좋은 방법이다. 누군가에게 도

움이 된다는 것이 엄청나고 대단한 일이 아니다. 누구나 약간의 용기만 낸다면 도움을 줄 수 있다. 나는 카페알베르게를 통해 산티아고 순례길을 준비하는 사람들에게 도움이 되고자 했다. 조금 먼저 경험하고 조금 더 공부한 내용으로 산티아고 순례길을 준비하는 분들께 정보를 드리고 준비하는 데 필요한 도움을 드린다. 처음에는 카페알베르게를 찾아오시는 분들께 개인적으로 도움을 드렸는데 그 빈도가 높아지고, 멀리서 찾아오셨는데 바쁜 시간에는 도움을 드리지 못하다 보니 정기적으로 세미나를 준비하여 도움을 드리고 있다.

또한, 나는 공간을 가지고 있기에 공간을 활용하여 도움을 줄 방안도 모색해보았다. 코로나 이전에는 배낭여행자, 선한 공정 여행가, 예비작가들을 위해 2층 공간을 전시장으로 꾸며 행사 공간을 지원하였다. 그들이 여기서 사진전을 열고 전시회를 열고 북토

크를 열면서 초기에 작은 경험과 성취를 이루어 더 성장할 수 있기를 바라며 협업했다.

그리고 카페이다 보니 커피로도 도움을 줄 수 있지 않을까 생각했다. SNS에 카페알베르게가 도움을 줄 수 있는 일을 올렸더니 지역 청소년 쉼터에서 연락이 와 자립 청소년에게 무료로 커피 교육 및 실습을 진행하기도 하였다. 이러한 일을 계기로 우리금융에서 지원하는 '우리 동네 선한 가게'에 선정되어 도움을 받기도 하였다.

카페알베르게를 오랫동안 운영하다 보니 가끔 손님들, 특히 순례자분들에게 이런 공간을 계속 지켜나가줘서 고맙다는 이야기를 종종 듣는다. 어쩌면 누군가에게는 내가 열심히 살아가고, 노력하고, 추억이 담긴 공간을 지켜나간다는 것만으로도 위로가 되고, 도움을 주고 있는 것일지도 모른다.

내 일상에도 찾아온 천사들

네 번째 순례길을 걸으며 카페알베르게가 계속 지속할 수 있게 진심을 담아 도움을 요청하였다. 매월 2만 원의 선결제 방식으로 도움을 주시면 포인트로 적립하여 사용할 수 있게 해드리기로 했다. 그렇게 모인 금액은 매월 임대료로 사용하여 카페알베르게를 더 안정적으로 유지하며 순례자들과 예비 순례자들을 맞이하겠다고 하였다. 사실 이렇게 도움을 요청하는 것도 굉장한 용기가 필요하였다. 아내는 사람들이 반응이 없더라도 실망하지 말자고 했다.

하지만 우리의 예상과는 달리 엄청나게 많은 분이 함께하고 싶다고 메시지와 댓글을 보내주셨다. 우리는 그들을 알베르게 천사라고 불러드렸고, 현재 92명의 알베르게 천사들이 카페알베르게를 위해 함께 걸어주고 계신다.

단순히 카페알베르게를 지원해주는 것을 넘어 이 천사들과 함께 행복하게 나아가고 싶다는 마음이 간절히 들었다. 산티아고 순례길이 사람으로부터 치유를 받고 행복한 것처럼, 즐거운 일은 함께 나누고 힘든 일이 있을 때는 서로 작은 힘이 되어준다면 분명 더 행복한 삶이 만들어질 것이라 믿는다.

사람은 혼자서 절대 멀리 갈 수가 없다. 누군가는 내 존재를, 내 발걸음을, 내 미래를 증명해줘야 하기 때문이다. 지금 당장 내 주변에 그런 사람이 없다면 용기를 내 주변에 도움을 요청해보자. 생각보다 나를 응원해주고 지켜봐주고 손을 내밀어줄 사람이 많을 것이다.

인생에서 가장 중요한 깨달음

일요일 자정이 가까운 시간까지 일하며 하루를 마감하고 돌아가는 길에 평소보다 더 커다랗게 떠 있는 보름달을 보았다. 고된 하루였지만 보름달을 보며 모두의 건강을 기원하였다. 그리고 그날 새벽, 우리의 둘째 아이는 하늘에 천사가 되었다.

새벽 2시, 아내의 진통에 병원을 찾았다. 출발 전 미리 전화했지만 별다른 준비가 되어 있는 건 없었다. 아직 예정일이 일주일 정도 남았고 2일 전 진통으로 인해 병원에 다녀왔을 때도 아이가 건강하다고 했기에 별다른 걱정 없이 병원에 왔다.

아내는 분만실에 들어갔고 나는 밖에서 기다렸다. 10분, 20분. 대기실 앞 벽면에 걸려있는 시계를 바라보며 초조하게 기다렸다. 이내 산모의 진통 소리가 들려 왔고, 간호사들의 조금만 더 힘내시라는 소리가 들렸다. 30분이 지나고 간호사들이 분주히 움직였다. 마취과 선생님께 전화하고 또 여기저기 전화를 했다. 둘째는 금방 나온다더니 정말 진행이 빠른 듯했다. 이내 내게도 위생모자를 씌우고 곧 나올 것 같다고 대기하라고 하였다. 두근두근.

한 번 경험이 있었지만 역시나 떨리는 순간이었다.

금방 나온다고 했는데 뭔가 이상하다. 간호사들이 더 분주히 움직였다. 직감적으로 불안함이 엄습했다. 곧 아내의 산통 소리가 끝나고 태명을 부르며 목놓아 우는 소리가 들렸다. 뭔가 잘못되었다. 간호사들은 큰 병원으로 계속 전화를 걸었지만, 가능한 병원이 없다는 답변만 들려왔다.

결국, 골든 타임을 놓치고 119를 불러 근처 큰 병원 응급실로 가서 아이를 살리기 위해 노력했다. 중간에 잠시 작은 희망도 있었지만 몇 시간의 사투 끝에 결국 우리는 아이를 살리지 못하였다.

2020년 2월 코로나로 모두가 힘들어지기 바로 전, 나는 갑작스럽게 둘째 아이를 하늘의 천사로 떠나보냈다. 불과 몇 시간 만에 발생한, 전혀 예상치 못했던 일이었고 그토록 기다렸던 새 생명에게 세상의 빛을 보여주지 못하였다.

우리 부부는 무방비했고 모든 상황이 비현실적인 영화 같았지만, 너무나 잔인한 현실이었다. 열 달 동안이나 한 번도 문제없이 건강하였는데 이런 상황이 발생하기까지 여러 가지로 의심되는 상황들이 있었고 비상 상황을 대처하지 못한 누군가의 잘못으로도 생각되었지만, 가슴이 찢어질 듯한 고통으로 아무것도 할 수 없었다. 무엇보다 아내를 먼저 살려내야 했다.

아내는 충격으로 며칠째 잠을 이루지 못하였고 내가 할 수 있는 일은 아내를 위로하는 일뿐이었다. TV 속에서 영화 〈기생충〉이 아카데미 시상식에서 한국 첫 4관왕으로 우리나라 국민이 환호하고 있는 모습은 우리의 현실을 더욱 비현실적으로 느끼게 하였다. 우리는 그 누구보다도 불행하다고 생각했다. 왜 우리에게 이런 일이 일어난 건지 이해할 수 없었다. 그동안 가치 있게 살자고 외치며 살아왔던 모든 것이 무의미하게 느껴졌다. 1분 1초가 너무나 고통스럽고 세상이 무너져 내리는 것만 같았다.

분노와 상실에 휩싸여 당시 할 수 있었던 수많은 선택이 있었지만 작은 이성의 끈을 놓지 않고 우리는 일단 용서하기로 하였다. 누구의 잘못도 아니며 누구의 탓도 아니라고 생각하려 노력했다.

응급 상황에 준비가 덜 되어 있었던 병원과 여러 가지 상황에 대해 정확하게 답변하지 못하는 의사도 용서하기로 하였다. 소송을 진행해서 어떤 결과를 얻더라도 아이가 다시 살아올 수 있는 것은 아니었다. 상황이 발생하고 다음 날 오전에 다시 온 의사를 아무 말 없이 안아주었다. 그리고 아내를 안아달라고 하였다. 다시는 이런 상황이 발생하지 않도록 더 신경 써달라고 했다.

그렇게 몇 개월의 시간이 흘렀다. 우리가 할 수 있는 일은 최대한 울지 않고 시간을 흘려보내는 일이었다. 그 시간 동안 쉴 수 있게 배려해준 동료들이 있었고, 말하지 않았지만 위로해주는 사람들이 있었고, 둘째 아이가 원죄 없이 하늘에서 평안할 수 있도록 함께 기도해주는 신부님과 사람들이 있었다. 내 주위에 그런 사람들이 함께한다는 사실에 감사했다.

어느 날 문득 아이와 함께 밥을 먹는데 아이가 맛있다고 활짝 웃는 모습에 감사했다. 이제 조금 잠을 잘 수 있고 음식을 먹을 때 맛있다고 느낄 수 있는 것이 감사했다. 아내가 조금씩 웃기 시작했고 함께 산책하며 걸을 수 있다는 것에 감사했다. 카페알베르게를 다시 오픈하여 일할 수 있는 것에 감사했고 카페알베르게를 다시 찾아주시는 사람들에게 감사했다. 그동안 느끼지 못했던 일상의 평범한 행동들 하나하나가 의미와 감사로 다가왔다. 그리고 내가 지구 반대편에 있는 아이들을 돕고 그 아이가 살아갈 수 있도록 도움을 주는 일을 한다는 것이 감사했다.

큰 상실과 마음의 상처로 인해 이전에는 느끼지 못했던 것들이 느껴졌다. 그리고 순간순간의 감사함이 작은 행복들로 다가왔다. 추운 밤이 지나고 나서야 아침에 떠오르는 태양의 따스함과 빛이 소중함을 알 수 있는 것과 같이 작은 행복이 다가왔다.

고통스럽고 힘든 시간이었지만 그제야 나는 진정으로 깨달았다. 행복은 어디엔가 존재하는 것이 아닌 늘 내 곁에 존재했다는 것을 말이다. 그리고 지속 가능한 행복은 그 순간의 감정을 느끼고 알아차리는 것에 있었다.

힘든 순간들을 잘 버티고 잘 흘려보낼 수 있었던 이유는 미래의 행복보다는 현재를, 부의 축적보다는 삶의 가치를 중요하게 생각했기 때문이라고 생각했다. 사랑하는 가족이 있고, 곁에서 진심으로 함께해주는 동료들이 있으며, 내가 더 많은 아이를 살리고 행복하게 해 줄 수 있다는 희망이 나를 버틸 수 있게 했다. 역설적으로 가장 큰 상실을 겪고 난 후 지속 가능한 행복을 발견했다.

행복은 굉장히 주관적이다. 똑같은 일이나 현상을 겪고도 누구는 행복하다고 하지만 누구는 행복하지 않다고 할 수 있다. 또한, 행복한 감정을 지속하는 것도 사람에 따라 차이가 있다. 그러므로 행복은 외부에서 어떤 목표의 성취로 인한 거창한 것이 아닌, 내 안에 늘 존재하며 숨겨져 있는 그 순간의 감정을 알아차릴 수 있고 자주 느끼는 것임을 알게 되었다.

네 번째 순례길을 걷기 위해 떠난 가장 큰 목적은 사실 기도에 있었다. 하늘의 천사가 된 아이를 위하여 파티마에 가서 기도하고 싶었고, 산티아고 순례길을 다시 걸으며 기도를 하고 싶었다. 그리고 나와 같은 아픔이나 기도가 필요한 이들을 위해 기도를 해주고 싶었다. 처음에 SNS를 통해 기도 신청을 받아 길을 걸으며 총 96명의 사람을 위해 기도하며 기도문을 음성 메시지로 보내드렸다. 파티마에 있는 1박 2일 동안 미사를 드리며, 로사리오(묵주) 기도와 더불어 기도하였고, 길을 걸으며 매일 2시간씩 내 아이와 누군가를 위해 기도하며 많은 눈물도 흘리고 마음의 평안을 찾았다. 내 기도로 인해 누군가는 진정으로 감사와 감동의 메시지를 보내왔고, 나와 같은 상실의 아픔을 겪은 이들이 조금이나마 위로가 될 것이라는 믿음을 가졌다. 내가 하는 기도는 누군가를 위해 하였지만 사실 나를 치유하고 있었다.

아이를 떠나보내고 난 후 나는 내 아이를 위해 책을 선물하기로 결심하였다. 내 삶을 다시 돌아보며 조금씩 글을 써나갔다. 이제 마흔을 넘은 대한민국의 평범한 사람이 산티아고 순례길을 통해 삶을 다시 돌아보고 자신의 길을 찾아 시행착오를 겪으며 조금 더 가치 있고 행복하게 살고자 하는 이야기를 담은 책이다. 이 책을 통해 삶 속에서 다양하게 상실의 아픔을 겪은 사람들이 위로받고 다시 앞으로 나아갈 용기를 얻었으면 좋겠다. 이 책을 읽는 당신이 행복하게 자신의 순례길을 걸어가기를 바라본다.